优秀男孩一定要读的

励志书

男孩当自强

孙建平◎编著

中国纺织出版社

内 容 提 要

做男孩就要自强不息，因为自强才能自立，因为自强才有希望，因为自强才能成为世界的强者。本书精选了85个古今中外名人自强不息、奋发向上的故事，并对这些故事进行了深刻的解读。通过阅读这些催人向上的故事，了解名人们的成长经历和他们拼搏进取、永不言败的精神，培养我们积极向上、不甘落后、奋发图强、永远进取的精神，增强我们人生的自信心。成长中的男孩多读读这些故事，一定会震撼心灵、激励斗志、增强前进的信心和勇气，也一定会让男孩更加自强、自立、自重、自信，更会为男孩的人生增光添彩。愿这些故事伴随着男孩们走向美好的人生。

图书在版编目（CIP）数据

男孩当自强 / 孙建平编著. —北京：中国纺织出版社，2013. 9 （2024.4重印）

ISBN 978-7-5064-9825-8

Ⅰ. ①男…　Ⅱ. ①孙…　Ⅲ. ①故事—作品集—世界　Ⅳ. ①I14

中国版本图书馆CIP数据核字（2013）第114542号

策划编辑：江　飞　　责任编辑：曲小月

特约编辑：赵雪峰　袁　莉　　责任印制：储志伟

中国纺织出版社出版发行

地址：北京朝阳区百子湾东里A407号楼　邮政编码：100124

邮购电话：010—67004461　传真：010—87155801

http：//www.c-textilep.com

E-mail：faxing@c-textilep.com

北京兰星球彩色印刷有限公司印刷　各地新华书店经销

2013年9月第1版　2024年4月第2次印刷

开本：710×1000　1/16　印张：15

字数：171千字　定价：69.80元

前言 Preface

男儿就是要自强，而男儿自强要从男孩始。

男孩自强，要看得起自己。世上的人千差万别，每个人都有他的长处和短处。不论谁看不起我们，我们自己都要看得起自己。因为只有自己看得起自己，才能让别人看得起我们。

男孩自强，要不惧怕坎坷和失败。坎坷、磨难和失败是每个人成长过程中必须经历的事情，人生不如意十之八九，只要不惧怕它，它就会离我们远去。

男孩自强，只有自强才能比别人强。自强，才能赢得别人的尊重和理解；自强，才能使我们立于天地之间而不败。不要相信那些别人多么强多么好之类的话，只要我们努力去争取去奋斗，我们就能做得比别人强。

自强是一个人乃至一个民族走向成功的法宝，是男孩在社会中自立、获得不凡人生的首要条件，更是男孩活出尊严、活出个性、实现人生价值的必备品质，是男孩健康成长、搞好学习、将来成就事业的强大动力。

自强是支持中国人自立于世界民族之林的一种精神，一种信念，一种境界，是流淌在中华民族文明血管中的生生不息的血液……所以，先贤说："将相本无种，男儿当自强"；所以屈原说："路漫漫其修远兮，吾将上下而求索”；所以曹操说：“老骥伏枥，志在千里；烈士暮年，壮心不已”；所以《周易》中说：“天行健，君子以自强不息”；所以演员成龙在《男儿当自强》中唱道：“胆似铁打骨如精钢，胸襟百千丈，眼光万里长，我发奋图强做好汉，做个好汉子每天要自强……”

一个人只有自强不息，才能不断进步，不断提升自己的能力；才能与时俱进，获取新的知识，为社会做出贡献。自强不息是一种努力向上、奋发进取的精神。这种精神之所以可贵，就是在于它永不言败，在于它坚韧不拔，在于它拼搏奋斗。人生必然是生于忧患，死于安乐，成于自强，败于自弃。法国作家福楼拜说得好：“人的一生中，最光辉的一天，并非是功成名就的那一天，而是在悲叹和绝望中奋起、勇往直前的那一天。”只有自强不息，不怕困难，敢于面对困难，积极想办法克服困难，才能不断取得进步，谱写出人生辉煌的篇章！

做男孩就要自强不息，因为自强才能自立，因为自强才有希望，因为自强才能成为世界的强者。本书精选了85个古今中外名人自强不息、奋发向上的故事，并对这些故事进行了深刻地解读。通过阅读这些催人向上的故事，了解名人们的成长经历和他们拼搏进取、永不言败的精神，培养我们积极向上、不甘落后、奋发图强、永远进取的精神，增强我们人生的自信心。成长中的男孩多读读这些故事，一定会震撼心灵、激励斗志，增强前进的信心和勇气，也一定会让男孩更加自强、自立、自重、自信，更会为男孩的人生增光添彩。愿这些故事伴随着男孩们走向美好的人生。

此书在编辑过程中，所参考的图书和资料，我们尽量联系了版权所有者，但有的作者还是没有联系到，敬请未联系到的作者和我们联系。

编著者

2013年5月

目 录

Contents

一、男孩自强，要看得起自己

不论谁看不起我们，我们自己都要看得起自己，只有自己看得起自己，才能让别人看得起我们。

二、男孩自强，要不惧怕坎坷和失败

坎坷、磨难和失败是每个人都必须经历的事情，不惧怕它，它就会离我们远去。

三、男孩自强，要相信世上没有天才

每个人生来都不是天才，虽然智商上有所差别，但所有的知识都是通过后天的努力学来的。换一种方式，我们的人生也许会更成功。

四、男孩自强，要守护自己的天性

天性就是我们的神，守住我们的天性，它会为我们的人生成功增光添彩。

五、男孩自强，要培养自己的好品格

看一个人不仅要看他的才干，还要看他的品德，因为品德比才干更重要。一个人如果有良好的品德基础，那么他的人生就会更接近成功。

六、男孩自强，要树雄心立壮志

俗话说：“哀莫大于心死，穷莫过于志穷。”立志是成功的基础，志不立，就像没有帆的船，没有轮的车，不会有所成就；男孩要自强，就必须树立自己的雄心壮志。

七、男孩自强，要坚守心中的梦想

坚守住我们青春的梦想，在梦想的道路上留下我们坚实的足迹，我们就会沐浴到那明媚的阳光。

八、男孩自强，只有自强才能比别人强

自强，才能赢得别人的尊重和理解；自强，才能使我们立于天地之间。

九、男孩自强，有个性才会更有张力

有时，世上所谓的坏孩子只是在一般人的眼里有些与众不同罢了。坏孩子也许会更成功。

十、男孩自强，提升自己才能成就未来

读书让我们掌握知识，读书丰富我们的头脑，读书开阔我们的眼界，读书改变我们的人生。多读书吧，它是一切成功之源。

一、男孩自强，要看得起自己

不论谁看不起我们，我们自己都要看得起自己，只有自己看得起自己，才能让别人看得起我们。

1 尼克·胡哲抓住人生成功的“1”

人物小传

尼克·胡哲（1982— ），出生于澳大利亚墨尔本的一个普通家庭。他天生没有四肢，但勇于面对身体残疾，用他的感恩、智慧活出了生命的奇迹。2005年他被提名“澳大利亚年度青年”荣誉称号。这是一项很高的荣誉，授予青年人才，并肯定了他对这个国家和社会做出的服务贡献。

成长故事

他一生下来就没有双臂和双腿，只在左侧臀部以下的位置有一个带着两个脚趾头的小“脚”。父母见生了这样一个孩子，满脸忧愁。直到出生半年后，才肯抱抱他。不管怎么说，这也是一个生命，父母慢慢地接受了这一现实，决心把他好好地抚养长大。

稍大一点，他能够出去玩了，可是没有孩子和他一起玩，邻居的一些孩子还欺负他，直到有一次，他用头狠狠地回击了一个欺负他的小男孩，把那个小男孩撞翻在地，从此，那些孩子再也不敢欺负他了。这也让他知道，如果不想被别人欺负，自己首先要强大起来。

懂事后，他看到了自己和别人的不同，为此，他几次试图自杀，但没有成功。深爱着他的母亲抱着他痛哭，告诉他一定要好好地活下去！

父母希望并想尽一切办法让他过上正常人的生活。见他喜欢玩水，父亲就把他放入游泳池里，他竟然学会了游泳；他想学电脑，父亲就教他打字，他很快就学会了。父亲给他做了一些特殊装置，他利用这些装置，学会了自己刷牙、洗脸、做饭。经过长期的艰苦训练，残缺的左“脚”成了他的好帮手，不仅帮助他保持身体平衡，还可以帮助他踢球、打字、夹着笔、取物等。长大后，他又喜欢上了潜水、冲浪、高台跳水、开水上摩托艇、踢足球、打高尔夫球等多种运动。

睿智箴言

只有一次又一次的尝试，没有失败，没有失败者。（尼克·胡哲）

上中学时，他通过竞选当上学校的学生会主席。此后，他开始做演讲，并想当一名真正的演讲家。他虽身有残疾，但却给自己定下以帮助他人为己任的人生目标。他考上了大学，并获得会计与财务规划双学士学位。毕业后，他开始投资房地产，成为一家高科技公司的总裁。2009年，他出版励志DVD《神采飞扬》，2010年，他出版自传式励志书籍。他著书、演说、帮助别人进行财务管理，他用自己的亲身经历激励他人，给他人以勇气，给他人以希望。他的“足迹”遍布全世界，他在许多国家进行演讲，他的励志故事，感动了无数人，他成为真正的鼓舞人心的演说家，赢得了全世界的尊重。他就是澳大利亚人——尼克·胡哲。

男孩当自强

尼克·胡哲的成功经历给了我们很多的启示，“态度决定高度”这是非常重要的一点。生于贫困家庭，没有有权有势有钱的父母，没有进入好学校，没有遇到好老师，学习遇到障碍，事业遇到挫折，经商赔了本，上司不得意，仕途不顺利……这些对我们来说所谓的不幸，和尼克·胡哲的不幸比起来，可以说都算不了什么。尼克·胡哲告诉那些自认为不幸的人："人生最可悲的并非失去四肢，而是没有生存希望及目标！真正改变命运的，并不是我们的机遇，而是我们的态度。"他的人生格言是："态度决定高度！"

态度决定高度，态度决定命运，态度决定成败，态度决定未来，态度决定人生，态度决定状态……态度决定行动，行动决定结果。所有这些合起来，就是"态度决定一切"。态度是什么，态度就是我们的梦想、理想、抱负、志向、志愿、愿望、欲望……没有这些，人生的成功就无从谈起。借用一位哲人的"人生所有的能力都必须排在态度之后"这句话，我们说"人生所有的成就都必须排在态度之后"。态度是人生的"1"，有了"1"，后边的"0"越多，我们的人生就越有成就。没有态度这个"1"，所有的"0"就没有了意义。所以，男孩们，请拿出我们的态度吧，要看得起自己，勇敢地面对生活中的所有不幸，去争取属于我们的一切。

2 瓦尔特·惠特曼的坚持

人物小传

瓦尔特·惠特曼（1819—1892），出生于美国东部长岛的一个农民家庭。19世纪美国最杰出的浪漫主义诗人和民主主义诗人，公认的现代美国"诗歌之父"、美国现代文学的鼻祖。他的诗歌总集《草叶集》标志着美国浪漫主义文学发展到了顶峰，也使美国文学真正获得了世界性的声誉，是美国文学史上第一部具有美国民族气派和民族风格的诗集，具有划时代的意义。

成长故事

由于生活穷困，他只接受了五年小学教育，就不得不自谋生计。12岁时，他到一家印刷厂做学徒。学徒的工作虽然很辛苦，但并没有消磨掉他对生活的感悟与美好的畅想，他疯狂地迷恋上了诗歌，不知疲倦地没日没夜地写着。后来，他又当了乡村小学教员、办公室勤杂工等。工作之余，他开始写一些诗歌。15岁时，他的第一首诗歌在报上发表。此后，他便开始了自己的诗歌创作。

诗写多了，他就用积赞下的钱自费出版了一本自己的诗集。虽然全书只有薄薄的95页，仅收录了十二首诗和一篇序，但已让他很兴奋了。他将几本样书捧回家，欣喜地交给人们看，可是他难逢知音，人们觉得他的诗没有意义，甚至不值得一读。结果，他一本书都没卖掉。他想将自己辛苦所出的这本诗集拿出去送人都没人愿意领情，甚至有人干脆将其投入火炉里。

社会上对他的批评铺天盖地而来，有的报纸甚至骂他“不懂艺术，正像畜生不懂数学一样”，有的把他的这本诗集称为“浮夸、自大、庸俗和无种的杂凑”，说他是个疯子。为了表达对他及其诗集的痛恶，有人还称“除了给他一顿鞭子，我们想不出更好的办法”。更有人轻蔑地说“看他那副模样，就能断定他写不出好诗来”。

> **睿智箴言**
>
> 哪里有土，哪里有水，哪里就长着草。（瓦尔特·惠特曼）

在一泼泼冷水和脏水泼过来时，他迷茫了，嘲笑和谩骂声几乎将他淹没，他开始怀疑自己是不是写诗的料，残酷的现实几乎将他击倒。

这时，当时最有名气的大诗人爱默生高度评价了他的诗作，这给了他重新站起来的勇气和创作激情，从此坚定了自己写诗的信念。他一直不停地写下去。

不久，他增订后的第二版诗集问世，以后诗集不断增订，直到他去世时，诗集出到了第九版。他的名字已震撼了世界，他成为了具有世界声誉和世界意义的伟大诗人，他的诗集《草叶集》也成了美国乃至人类诗歌史上的经典。

他就是有着“现代美国诗歌之父”之称的瓦尔特·惠特曼。

男孩当自强

没有人愿意面对失败，失败使人消沉，使人痛苦，使人迷茫。可失败是不可避免的，失败不是最可怕的，最可怕的是，遇到失败就放弃，遇到失败就逃避。“天将降大任于斯人也，必先苦其心志，劳其筋骨，饿其体肤，空乏其身，行拂乱其所为，所以动心忍性，曾益其所不能。”虽然失败是痛苦的，但是失败可以给人带来宝贵的经验，锻炼出钢铁般的意志。

所以，在我们人生的前进过程中遇到挫折和失败时，最重要的是要自信，要看得起自己，然后坚定地坚持下去。一切的不如意，一切的不顺利，一切的坎坷和挫折都是对我们的坚持、坚忍的考验。只有在方向确定后，按照前进的路线坚韧不拔、始终不渝、锲而不舍、百折不挠、持之以恒地前进，我们才能战胜失败。

美国大诗人爱默生说：“在我的眼里，没有野草，野草只是还没有被发现用处的植物。”只要付出努力和辛苦就一定会得到收获，但是这期间如果遇到暂时的冷遇或不公平就要把持一个平常的心态，切莫怨天尤人，也不要妄自菲薄，更不要愤世嫉俗。贵在坚持的道理并不难懂，却不是人人都能做到的。有的男孩一碰到困难、挫折，就灰心动摇，往往半途而废。原因就是缺乏坚韧不拔的毅力和克服困难的顽强意志。

没有谁的人生是一帆风顺的，但要看每个人是如何面对这些困难，有的人选择接受现实，而有的人却选择了逃避。接受现实，我们最终战胜失败和困难；选择逃避，我们就会被困难打败。英国著名哲学家罗素说过："伟大的事业是根源于坚韧不拔地工作，以全副的精神去从事，不避艰苦。"有了这种"不避艰苦"和"坚韧不拔"的精神，才能获得真知。

人生如一块香料，只有在以坚持的信念为柴、坚守的行动为火的炙烤中才能散发出最浓郁的芬芳。

3 海涅的人生方向

人物小传

海因里希·海涅（1797—1856），生于德国杜塞尔多夫一个破落的犹太商人家庭。德国著名诗人，代表作有长诗《德国，一个冬天的童话》，诗歌《西西里亚织工》等。在德语近代文学史上，海涅堪称继莱辛、歌德、席勒之后最杰出的诗人、散文家和思想家。

成长故事

受母亲喜好文学的影响，海涅早早地就对文学产生了兴趣。可是上学后，他却是一个令人非常讨厌的学生。他逃课、欺负低年级学生、搞恶作剧……在学生那个年龄段能做的坏事，他都做了。老师说他一切都糟糕透了，将来恐怕什么都做不了！

确实如此，海涅除了喜欢读书，喜欢学习语文，作文写得还算不错

睿智箴言

认识了生活的全部意义的人，才不会随便死去，哪怕只有一点机会，就不会放弃生活。（海因里希·海涅）

外，其他方面的表现实在太糟糕了，没有人对他说一句赞赏的话。后来，海涅遇到了一个语文老师，这个老师从他的作文中发现他有着跨越时空的想象力和与年龄不相称的语言驾驭能力，相信他有成为诗人的天赋。于是，这个老师在海涅的一篇作文中写道：孩子，你一定能成为像歌德一样伟大的诗人。

第一次得到老师的表扬，而且老师说自己将来能成为歌德一样的诗人，海涅欣喜若狂，他壮着胆子找到那个老师问：我真的能成为像歌德那样伟大的诗人吗？

老师耐心地教育他：只要你像歌德那样，努力学习，上课专心听讲，不欺负别人，不捉弄别人，对人和善、友爱……你一定会像歌德一样伟大。听了老师的话，海涅在心底里下决心要向歌德一样去学习，去约束自己的行为。

老师的话，更让海涅在心中充满信心。他为自己确定了人生前进的目标：成为歌德那样的诗人。从此以后，歌德成了竖立在他心中的一面飘扬的旗帜，这面旗帜引领着他努力地做好一点一滴，不断进步。他赢得了老师的赞赏，赢得了同学的尊重和友谊，这也更让他对自己的未来充满信心。

经过多年的努力，海涅写出了《德国，一个冬天的童话》等许多在德国和世界文学界获得巨大声誉的作品，被公认为是德国文学史上继歌德之后最伟大的诗人。

男孩当自强

成为大诗人的海涅，在一次写给当年鼓励他的老师的信中说：“是你给了我一面旗帜，让我在前进的路上，有了方向和目标。让我懂得了该如何去做，避免了我在黑暗中迷失……”

在自己的心里为自己竖立起一面飘扬的旗帜，实际上是为自己找到和拥有正确的方向和目标，我们也许不能像自己心中那旗帜性的人物一样取得巨大的成就，获得崇高的荣誉，但有了正确的方向和目标，我们的人生就不会平庸，不会黯淡无光，而是会放出无限的光彩。

美国著名的人际关系学大师卡耐基曾经找了很多的人，进行过一次关于人生目标的跟踪调查。他发现，只有3%的人能够确定目标，并知道怎样把目标落实；而另外97%的人，要么根本就没有目标，要么目标不确定，要么不知道怎样去实现目标。十年后的结果令人吃惊，那些被调查对象中属于原来那97%范围内的人，除了年龄增长10岁以外，在生活、工作、个人成就上几乎没有太大的起色，还是那么普通和平庸；而那些原来与众不同的3%，却在各自的领域里取得了很好的成就。他们十年前提出的目标，都不同程度地得以实现，并正在按原定的人生目标继续走下去。

卡耐基的调查结果告诉我们：人生在世，最要紧的不是我们所处的位置，而是我们活动的方向和目标。要知道，“目标”就是我们未来人生选择要走的“方向”。许许多多的人生经验告诉我们：杰出人士与平庸之辈最根本的差别，并不在于天赋，也不在于机遇，而在于有无人生目标！不少人终生都像梦游者一样，漫无目的地游荡。他们每天都按熟悉的“老套”生活，从来不问问自己：“我这一生要干什么？”他们对自己的作为不甚了了，因为他们缺少目标。

在我们的心里为自己竖立起一面飘扬的旗帜，那是我们前进的指南，也是引导我们走向精彩人生的灯塔。

4 帕瓦罗蒂抬头挺胸做人

人物小传

鲁契亚诺·帕瓦罗蒂（1935—2007），出生于意大利北部小城莫迪纳的普通人家，世界著名的意大利男高音歌唱家。早年是小学教师，一次偶然的机会扮演一个角色，从此开始歌唱生涯。29岁开始登台，32岁时被卡拉扬挑选为威尔第《安魂曲》的男高音独唱者。从此，声名节节上升，成为“高音C之王”和“世界首席男高音”歌唱家。

成长故事

帕瓦罗蒂刚出生时就能发出独特明亮的嗓音，医生认为他长大后会成为一个出色的男高音。童年时的帕瓦罗蒂梦想着要成为歌唱家，但是现实却是残酷的，他的出身卑微，家庭贫困，父母没有能力让他接受良好的音乐教育。幸好，10岁那年，一家专门为贵族子弟开办的音乐学校的校长看中了帕瓦罗蒂的天赋，破格让他到那里学习。作为条件，他需要每天早上第一个到学校来为学生们烧开水，下午放学需要打扫完全校的卫生才能离开。

帕瓦罗蒂将这视为非常难得的学习机会，他比任何同学都懂得珍惜，也比任何一个同学都刻苦学习、认真训练。一次考试，全班同学只有他通过了。校长严厉地批评其他学生不思进取，虚度光阴，赞扬帕瓦罗蒂是班上最优秀的学生。一个优越感很强的贵族子弟却回敬道：“校长，你弄错了，他可是穷人家的孩子啊！”在学生们发出的嘲笑声中，帕瓦罗蒂低下了头。校长告诉他：“孩子，要正视卑微，卑微并不可怕，不思进取才是最不能容忍的。我相信你将来能够成为最优秀的人。”

17岁的时候，帕瓦罗蒂随一个合唱团在各地举行音乐会。为了能早点引人注意，他经常在免费的音乐会上演唱，但效果却不好。甚至在一场音乐会上，他因表现不佳被观众哄下舞台。没办法，为了生活，帕瓦罗蒂一边学习唱歌，一边做保险推销员，同时还在一所小学做代课老师。由于他兢兢业业，保险卖得不错，但老师却没当好，因为他管不住学生。

睿智箴言

我认为沉浸在音乐中的一生是最美好的一生，这正是我为之奉献了全部生命的意义所在。（鲁契亚诺·帕瓦罗蒂）

就这样经过十多年的不懈努力，帕瓦罗蒂终于登上了自己向往已久的舞台，他的演唱引起了人们的注意。1963年，他在英国伦敦出演的歌剧《波希米亚人》获得了巨大的成功。1990年夏，帕瓦罗蒂作为三大男高音之一，与多明戈、卡雷拉斯一起为在意大利举办的足球世界杯赛而登台演出。从此，帕瓦罗蒂被世人公认为是世界第一男高音歌唱家。

男孩当自强

当有人问帕瓦罗蒂是如何取得今天这样的成绩时，帕瓦罗蒂深情地说：是校长告诉我，正视卑微是人生的第一堂课。我从此以后忘记了自己是贫困人家的孩子，我知道了，在音乐面前，没有高贵，没有卑微，人人都是平等的。我从此能够抬头挺胸做一个和别人没有区别的人。

出生在贫穷之家，身体有缺陷，没有多高的文化，没有让人羡慕的家庭，父母都是普普通通的人……这些我们都无法去选择，甚至有时侯我们也无法去改变什么，但我们不能因此而觉得自己很卑微，不能因此就低下我们高高的头颅。要知道，人是生而平等的，我们的未来也只有靠我们自己来把握和创造。这关键在于我们的态度，只要我们认识到每一个人都是平等的，都应该拥有被尊重和爱护的权利。

所以，当我们遭受冷冰冰的目光、不屑的轻哼、尖锐的讽刺挖苦时，请站直自己的身躯，抬起头，挺起胸，给自己一个向上的心情，将生活中的不美好和各种羁绊通通扔掉，将自己身体里埋藏的潜能挖掘出来，面对别人的残酷冷漠不灰心、不绝望，用我们努力的汗水来浇灌我们的人格和尊严，让它成长为一株遮天避日的大树，让那些看不起我们的人看到我们的高大。

先贤庄子在《庄子·田子方》中说：“夫哀莫大于心死，而人死亦次之。”意思是说，最悲哀的莫过于人没有思想，这比人死了还悲哀。智者说：“人生只有几十年，这世界虽不美满，却也足够多彩多姿。你可以热烈地亲自做人生舞台上的演员，也可以退在一旁欣赏别人的戏。”所以，我们要珍惜上帝赐予我们来世上走一回的机会。千万要收起我们灰暗的心情，关键是我们要把正视卑微当成有生的第一课，身可以卑微，但我们的心绝不能卑微。要高昂起我们的头颅，要挺胸抬头去面对生活！要树立我们的自信心！无论我们的追求和目标是否得到，不管今天的我们是什么状态，我们都要坚信，天生我材必有用！不要因为我们学习成绩差，没有好的家庭或哪方面不如别人，就觉得低人一等，抬头挺胸自信地做人！要欣赏自己，看好自己，我们不要活得卑微！

5 杰克·韦尔奇的自信

人物小传

杰克·韦尔奇（1935— ），出生于美国马萨诸塞州塞勒姆市一个普通的家庭。原通用电气董事长兼CEO。1960年，加入通用电气，1981年4月，成为通用电气历史上最年轻的董事长和CEO。从入主通用电气起，在短短20年间，在他的领导下，通用电气的市值由他上任时的130亿美元上升到了4800亿美元，排名也从世界第十提升到第一。他被誉为“最受尊敬的CEO”“全球第一CEO”“美国当代最成功最伟大的企业家”。

成长故事

杰克·韦尔奇从小患有口吃症。幼时的韦尔奇因为说话口齿不清，经常闹出笑话。这种缺陷让韦尔奇苦恼不已。妈妈总是想方设法地去激励他，为了不让他自卑，妈妈常对韦尔奇说：“这是因为你太聪明，没有任何一个人的舌头可以跟得上你这样聪明的脑袋。”慢慢地，韦尔奇不再为自己的口吃而烦恼，因为他相信母亲的话：他的大脑比别人的舌头转得快。韦尔奇并没有因口吃而影响到自己的学业与事业的发展。而且正是由于他克服了自身的弱点，在人前表现出惊人的勇气，具有出类拔萃的才能，所以才更增添了人们对他的敬意。

读小学时，韦尔奇个头矮小，但却酷爱体育运动。他喜欢篮球运动，很想报名参加学校的篮球队。妈妈对于他的这种想法很支持，鼓励他说：“想做什么就尽管去做好了，你一定会成功的！”就这样，矮个子的韦尔

> **睿智箴言**
>
> 态度决定一切。（杰克·韦尔奇）

奇参加了学校的篮球队，他机敏而自信，在球队中是一位非常出色的队员。当时意气风发的他始终都没有觉察到自己是球队中最矮的一个，直至几十年后，当他翻看自己青少年时代在运动队与其他队友的合影时，才惊奇地发现自己竟然比别人矮了一大截。

在韦尔奇的学生时代，每次当他驰骋在运动场上时，妈妈的身影就会出现，她始终是儿子最热情的拉拉队长。韦尔奇的妈妈更是将儿子的故事讲给了几乎所有的亲戚、朋友和邻居，而且在每一个故事的结尾她都表达出身为这样优秀的孩子的母亲的那种自豪与骄傲。这更为韦尔奇增添了自信。

成年后的韦尔奇在回顾往事时，他认为在运动场上的那些经历是他人生难得的历练，他颇有心得地总结道："我们所经历的一切都会成为我们信心建立的基石。"凭着这种自信，韦尔奇在商业领域显示了非凡的工作能力与领导才能，被人们称为"全球最受尊敬的CEO"。

男孩当自强

人生需要自信。自信者，就会目标坚定，方向明确；不自信者，就会失魂落魄，迷迷茫茫。有人说：自信，是人们成就伟业的先导；自信，是对自己能力的充分估量；自信，是对自我实力的高度认可；自信，是一种来自心底的无形力量。有了自信，我们就没有跨不过的难关、没有越不过的沟梁。也有人说：自信如笔，书写出我们人生最美的篇章；自信如光，指引着我们前进的方向；自信如犁，开垦出我们美丽的田园；自信如火，燃起了我们心中的希望之光。

自信是一种生命力，这种力量可以战胜一切。正如小草自信，生的渴望使野火疾风奈何不了它；涓流自信，归海的愿望使大石阻拦不住它。自信是我们无路可走时绝处逢生的阳关大道，自信是我们处处碰壁后柳暗花明的发现。只有自信的人才能懂得向前走永远是起点，后退或站立不前永远是终点。

当然，一个自信的人，并非事事顺心，事事如意，只是他在灵魂上开了一扇天窗，让阳光从窗口飘进来，即便是阴雨天，他也会创造太阳，那个太阳就是对自己有信心。人生不如意事十之八九，保持一颗自信的平常心，是生活和谐、人生进步的首要条件。

地上本来没有路，只有自信的人才能走出路。只要拥有自信，别人能做到，我们也能做到，自信是我们追求一切的动力源泉。切记，失败是人生路上一道深深的壕沟，自信者跨过去就会拥有出路和希望！伟人毛泽东在青年时代就喊出了“自信人生二百年，会当击水三千里”的豪言壮语，只有自信的人生才能中流击水，才能一往无前。

6 守护尊严的贝利

人物小传

贝利（1940— ），出生于巴西的一个贫寒家庭，原名埃德森·阿兰蒂斯·多·纳西门托”，20世纪最伟大的足球明星之一，被喜爱他的人尊为“球王”。在足球生涯中共攻进1282个球，四次代表国家队出战世界杯，三次捧得“世界杯”。1987年被授予国际足联金质勋章，1999年被国际奥委会选为“世纪运动员”。

成长故事

贝利从小就酷爱足球，可是家里穷，父亲拿不出钱来为他买足球，于是，他就踢塑料盒，踢汽水瓶，踢从垃圾箱捡来的椰子壳。为了鼓励儿子，父亲用袜子、破布和旧报纸，为贝利自制了一个“足球”。从此，瘦小的贝利便经常出现在家门前那条坑坑洼洼的路上，他光着脊梁，赤着脚，不停地练习踢球。有一天，一位足球教练看见他在一个干涸的水塘里猛踢一只猪膀胱，教练发现他踢得很是那么回事，就送给他一个真足球。教练还对贝利进行了指导，他踢得更卖力了。

10岁时，贝利与伙伴们组建了一支街头足球队，他们的战绩频频，在当地渐渐有了名气。出于对足球小将的敬仰，一些人开始吹捧贝利，甚至给他敬烟。贝利很得意，渐渐地有了烟瘾。但是他买不起烟，想抽时就向别人索要。

一天，父亲撞见贝利正在向人要烟抽，十分生气，可贝利还辩解说谎。看到儿子不仅学会了抽烟，还学会了撒谎，父亲更生气了，猛然抬起手要打儿子，贝利吓得用手捂住了自己的脸。可他得到的并不是父亲的一记耳光，而是一个紧紧的拥抱。

睿智箴言

在几乎踏上歧路时，父亲那个温暖的拥抱，比给我多少个耳光都更有力量。（贝利）

父亲对搂在怀中的贝利说：“孩子，你有踢球的天分，可以成为一个伟大的球员。但如果你抽烟、喝酒、染上各种恶习，那足球生涯可能就到此为止了。一个不爱惜自己身体的球员，怎么能在整场比赛中一直保持较好的状态呢？以后的路怎么走，你自己决定吧。”

说完，父亲从自己的衣兜里摸出两张纸币：“如果你真想抽烟，要自己去买。总向别人要，会让你丧失尊严，人最不能丧失的就是尊严。”贝利羞愧难当，眼泪不禁流了下来……从此他抗拒一切诱惑，守住自己的尊严，没有沾染任何恶习。他球技高超而且有着高尚谦逊的品格，因此被誉为“20世纪最伟大的运动员”。贝利永远记着父亲的那个拥抱，永远记得父亲说的“人最不能丧失的就是尊严”的话。

男孩当自强

先贤孟子有云：“仰不愧于天，俯不怍于人。”尊严，是人最宝贵的一种情感，不容侵犯。有尊严地活着，是做人的原则，是成大业的必要因素。作家陈祖芬有句名言：“丧失了自尊心的人，是一个没出息的人；丧失了自尊心的民族，是一个无望的民族。”这启示我们：人要有尊严地活着！

正如贝利父亲所说的那样，人最不能丧失的就是尊严。一个人的尊严是什么？是别人对其人格的尊重。

一个人可以穷，但穷并不可怕，人穷不能志短，尽管社会上富人比穷人受到的推崇多，但不意味着富人比穷人更有尊严。人穷志不短，尊严依然在；财丰行苟且，市人唾淹之。穷和富是相对的，但就是再穷，人的尊严是不能丧失的。

一个人可以犯错误走歧路，犯了错误可以改错误，走歧路了也可以从歧路走回正路，但不能丧失尊严，别把自己的人格和尊严放到别人的脚下去践踏。只有捍卫了自己的尊严，信念才不会缺失，人生的阵地才不会陷落，才能够克服重重困难，重新获得辉煌的人生。

贫者不食嗟来之食，志士不饮盗泉之水。一个人，哪怕到了最落魄的时候，也不可抛弃自己的尊严，这才是人生最可贵的。在这个五彩缤纷的世界里，金钱丢了可以用双手让它返还；荣誉丢了可以重新做人，洗去旧史；尊严丢了，则用什么都换不来，它是一去不复返了！保护我们的自尊，让自己昂首挺胸地走过多彩的人生！

7 拜伦不自卑

人物小传

乔治·戈登·拜伦（1788—1824），出生于英国一个没落的贵族家庭，英国19世纪初期伟大的浪漫主义诗人。拜伦不仅是一位伟大的诗人，还是一个为理想战斗一生的勇士；他积极而勇敢地投身革命，参加了希腊民族解放运动，他以旺盛的精力投身于希腊为摆脱土耳其统治而进行的独立斗争中。其代表作品有《恰尔德·哈罗德游记》《唐璜》等。

成长故事

拜伦小时候长得很漂亮也很可爱，可是当他学走路时，母亲才发现他走起路来一瘸一拐的。拜伦的腿竟然有残疾，是个瘸子，母亲为此很伤心，并为他请过很有名的医生来诊治，但还是没有治好。

由于腿有残疾，拜伦幼小的心灵受到了许多伤害，很忌讳别人谈起他的生理缺陷。有一天他走在街上，有个女人既称赞又惋惜地说他长得可爱，只是可怜腿有残疾。拜伦听后自尊心受到了严重的挫伤，他十分生气地举起手中的玩具皮鞭抽向那个女人，并大喊让她闭嘴。

拜伦的心理问题被母亲看在眼里，为了纠正儿子的这种心理，她和拜伦谈他们家的高贵血统，家族的悠久历史，家族中曾出现过的英雄和航海家。母亲教育拜伦，他有着其他孩子所不曾拥有的骄傲和出身。小拜伦从母亲那里了解到自己也有胜过其他孩子的地方，心里平衡了许多。

拜伦5岁时，母亲为了抚平他心中的伤痕，让他开心起来，就送他去上学。为了让小拜伦在学习上超过其他孩子，妈妈还请了两位大学教授做拜伦的家庭教师，教他学习历史、拉丁文和宗教。拜伦非常聪明，成绩很优秀。为了开拓他的视野，母亲还为拜伦买了不少的书，拜伦最喜欢其中一本描写他的祖父指挥海战的书，他把其中的许多情节背下来，然后讲给别人听。每当与他人讲起这些的时候，他的言谈中就充满了自豪，不再为自己的残疾而自卑了。

母亲的鼓励和优秀的学习成绩，使拜伦忘掉了自己的病腿，他相信自己会比别人更优秀。中学毕业后，拜伦到了名震全国的哈罗公学上学。刚入学时，一些同学因他的腿有残疾而嘲笑和捉弄他。这时的拜伦不再抱怨，他已清楚地知道要征服别人必须要靠自己的真才实学。所以，他就更加努力地学习，没用多久，他就以渊博的知识获得了同学们的尊敬与喜爱。

睿智箴言

逆境是通往真理的第一条道路。（乔治·戈登·拜伦）

拜伦摆脱了心灵上的阴影，大学毕业后，投身诗歌写作和希腊民族解放事业，成了一位备受世界人民尊重和喜爱的杰出的诗人和为理想战斗一生的勇士。

男孩当自强

正如拜伦所说：“逆境是通往真理的第一条道路。”身体缺陷也是人生所遇到的逆境之一，但身体有缺陷并不是人生不成功的理由，有些时候，身体缺陷还会激励人走向更大的成功，这里的关键是不能因为身体缺陷而自卑。

自卑就是觉得自己不如别人，其实自卑不代表自己差，自大也不代表自己就强。著名心理学家阿德勒说：由身体缺陷或其他原因引起的自卑，既摧毁一个人，使人堕落；也能使人发愤图强，力求振作，从而战胜自卑，补偿缺陷，甚至做出超过常人的成就和贡献。

每个人的心里都有自卑，只不过有的人控制着，有的人却任其泛滥；每个人又都会自卑，无论外表多么自信，这都是表面现象。因为自卑是每个人心中都有的一种情愫，但它不是病态。

任何人都不是完美的，谁都存在缺点。而人活在这个世界上，都不是为了揭开他人的缺点而活着，谁都不会去在意我们的缺点。而相反的，因为我们自己害怕缺点的存在，而把缺点无限放大，认为自己的缺点一定会被人嘲笑，实际上并不是这样。我们自己身边的许多人并没有因为有缺点就不存在。

自卑是一种消极的心态和不良的心理品质，会使人意志脆弱、思想消沉、丧失对未来的信心，不利于青年人的自我发展和完善。同时，自卑也会影响人际交往，影响能力的发挥与表现，进而影响别人对自己的认知。此外，自卑常会造成个体情绪压抑、妨碍身心健康。所以，不要在意那点小小的自卑，我们越在意它，它就越强大。相反，我们不在意它，它就消失了。只要能紧紧地把握住自己，勇敢地挑战自卑，永不言败，奋力进取，胜利就会在不远的前方等着我们。

8 苏秦瞧得起自己

人物小传

苏秦（前？—前317年），字季子，战国时期洛阳（周王室直属）人，是与张仪齐名的纵横家。苏秦劝说六国国君联合，身佩六国相印，进军秦国，成为“合纵”派的代表人物。

成长故事

苏秦年轻时在家里什么活计也不干，只知道一心读书，所以家人都讨厌他。有一次，苏秦的父亲过生日，他哥哥端了一大杯酒去祝寿，父亲高兴地赞叹道："真是美酒，好甜啊！"等到苏秦端了酒去祝寿，他父亲却骂道："酒坏了，酸的！"苏秦只好从哥哥处借了一大杯酒去祝寿，他父亲仍然骂道："酸酒！"苏秦不服地申辩："这是从大哥处借来的酒啊！"父亲却说道："你这倒霉的人，好东西经过你的手就坏了！"

苏秦素有大志，他觉得自己将来一定能够有出息。别人虽瞧不起自己，但自己要瞧得起自己。于是，他离家随鬼谷子老师学习治理国家的方法多年。

苏秦学习差不多后，便游历秦国，劝说秦王运用他的办法治国，可秦王不重用他，他只好回故乡。等到他回到故乡时，钱用光了，衣服也穿破了，一副穷困潦倒的样子。他的妻子见到他也不理他，都没有停止手里的织布机，他的嫂子也不愿为他准备饭食，他的父母也不和他说话。苏秦深受刺激，于是苦读先人的书籍，读书时每逢困乏欲睡，便用锥子自刺大腿。这就是成语"悬梁刺股"中之"刺股"故事的由来。

苏秦又精研治国之术多年，后来游说六国成功，身挂六国相印。功成名就后，苏秦回故乡看望家里人。这次，他的哥哥嫂子，包括他的妻子都对他侧目而不敢正视，小心地侍奉着他，给他做最好吃的东西。

睿智箴言

妻子不把我当丈夫，嫂子看不起我这个叔叔，父母不认我这个儿子，这都是因为我抗击秦国的功业未成啊！（苏秦）

男孩当自强

自己瞧得起自己，是指一个人相信自己存在的价值，认同自己的能力，并在行为上表现出一种与环境和他人积极互动的心理定势。通俗地说，就是能够愉悦地接纳自己，包括自己的某些缺陷，并能不断地进行自我激励，使自己的人生过得充实而有意义。自己瞧得起自己，实际上就是一种最重要的自信，自信的本质在于真正地认识自己。一个真正自信的人，得意时瞧得起别人，失意时瞧得起自己。而自己瞧不起自己，是一个人对自己的不恰当的认识，是一种自卑的消极心理。

当我们遇到困难、挫折时可能会感到焦虑、泄气、失望、颓丧，这就是自卑的心理。一个自卑的人很难有自信，如同一个没有脊椎的动物，永远都不会站立起来。他们不会相信自己的判断，没有主见，对成功也没有期盼，因此做任何事情都不会付出自己的全部精力，也没有排除艰难险阻的决心和毅力。

“人贵有自知之明。”也就是说，对待自我要有一个全面的正确的认识。能够正确地分析自己的优点和缺点，以便在待人处世时能扬长避短，使自我优势得到更好的发挥。这样慢慢地就会形成一个良好的心态，继而充满自信。当一个人有了自信之后，他就已经有一只脚踏在成功的路上了。所以，要相信自己的能力，要学会在各种活动中自我提示：我并非弱者，我并不比别人差，别人能做到的，我经过努力也能做到。

如果我们自己都看不起自己，那还有谁能看得起我们呢？这个世界上没有救世主，只有我们自己才能救自己。

二、男孩自强，要不惧怕坎坷和失败

坎坷、磨难和失败是每个人都必须经历的事情，不惧怕它，它就会离我们远去。

1 梅耶·罗斯柴尔德的忍耐

人物小传

梅耶·罗斯柴尔德（1744—1812），出生于德国法兰克福的犹太人聚居区，德国银行家，历史上最为成功的商业家族之一罗斯柴尔德家族的奠基人。国际金融之父，欧洲银行巨擘，创建了全球第一家跨国公司，首创国际金融业务。2005年，梅耶·罗斯柴尔德被福布斯杂志评为“历史上最有权势的二十位商人”之一。

成长故事

梅耶·罗斯柴尔德是犹太人，从小就生活在充满敌意与歧视的法兰克福的犹太人聚居区。他的父亲是一个流动的金匠和放贷人，常年在国外谋生。那时候，在反犹排犹的浪潮下，他们全家的生活举步维艰。但是他的父亲却鼓励他，一定要忍耐，忍耐过去就是胜利。虽然梅耶·罗斯柴尔德有着长远的志向，但是他学会了忍辱负重。父亲看出梅耶·罗斯柴尔德是个有志向的孩子，于是对他倾注了大量心血，悉心调教，教给他许多商业知识。可是不久，父亲去世了，年仅13岁的梅耶·罗斯柴尔德来到汉诺威的一家银行当学徒。

心怀大志的梅耶·罗斯柴尔德为了实现干大事业的心愿，在这家银行无偿地工作了7年。在这7年中，他忍受着银行主对还是孩子以及犹太人身份的鄙视，他一直用坚忍的态度生活着，并且孜孜不倦地工作着。他不急不躁，平静地等待着，学习和积累了许多银行业的知识和经验，积极地积聚奋起的力量。

7年后，年轻的梅耶·罗斯柴尔德回到了法兰克福，继续他父亲的放贷生意。后来他开始经营古旧钱币，刚开始因为人们对古旧钱币不太感兴趣，所以梅耶·罗斯柴尔德的生意很冷清，但是他没有心灰意冷，他相信凭着自己的执着一定能获得机会。经营惨淡的生意对很多人来说是一种痛苦，对他也是一样，他的内心也很矛盾，有人嘲笑他，有人看不起他，但是他一直坚持着，而且一有时间就学习研究钻石和古钱币学，终于他得到了机会，获得了成功，生意越做越兴旺。之后，他不仅经营棉制品、烟酒，并开始从事银行业，20多年后，梅耶·罗斯柴尔德成为法兰克福城的首富。最后，他成为控制欧洲经济命脉的金融巨人，获得了巨大的成功。

睿智箴言

苦难并不可怕，只要我们怀抱希望，坚忍不拔，积极进取，经过漫长的苦难与忍耐，光明的曙光一定会绽放在我们眼前。（梅耶·罗斯柴尔德）

男孩当自强

说到自己经历过的苦难，梅耶·罗斯柴尔德说：“苦难并不可怕，只要我们怀抱希望，坚忍不拔，积极进取，经过漫长的苦难与忍耐，光明的曙光一定会绽放在我们眼前。”

在犹太人看来，彩虹是希望的象征，要想看到绚丽多彩的彩虹，就要先经历一场暴风雨。所以他们说：“风雨过后就会出现彩虹，但你必须忍耐风雨的无情。”犹太人生存的第一智慧就是适应和忍耐，磨难成为他们的第一财富。

一位犹太智者说：“宁可一辈子只吃洋葱，也不愿为了饱餐一顿鸡鸭鱼肉而让其他日子挨饿。”这就是犹太人的忍耐精神，他们认为一个人只是为了一时的需要，而失去了更宝贵的东西，是不值得的。犹太人善于忍耐，但是认为“忍耐”是有先决条件的，他们会掌握一个忍耐的“度”。洛克菲勒说：“忍耐并非忍气吞声，也绝非卑躬屈膝，忍耐是一种策略，同时也是一种性格磨炼，它所孕育出的是好胜之心。”精明的犹太人通过敏锐的判断，以坚定的耐心等待时机的到来，一旦机会出现，便将其牢牢抓住，这就是他们成功的秘诀之一。犹太人相信，只要他们始终如一地信仰耶和华上帝，就算是受再多的苦难，他们最终都会得到幸福。正是这种强大的精神动力，使得他们永远保持着坚韧的忍耐和持久的进取精神，他们做到了虽然饱受苦难也不绝望灰心，历经沧桑却依然顽强生存。正是在这样的条件下，才培养了他们那种坚忍不拔的性格。

忍耐是人们与时间的较量，忍耐是坚持，是固守，是积聚，是执着，是为自己建一道长长的堤坝。忍耐是立志，是心灵的努力。人类的伟大，决定于失意时所能忍耐的程度。所以，请记住，不要因为时运不济而郁郁寡欢，忍耐虽然痛苦，果实却是最甘甜的。

2 丘吉尔的失败与成功

人物小传

温斯顿·丘吉尔（1874—1965），出生于英国的一个贵族家庭。英国的政治家、作家，1953年诺贝尔文学奖得主，曾两度任英国首相，带领英国取得第二次世界大战的胜利，被认为是20世纪最重要的政治领袖之一。2002年，被英国广播公司选为“有史以来最伟大的英国人”。

成长故事

7岁的丘吉尔被送入一个贵族子弟学校读书，可他似乎一点都没有继承家族的高贵血统，他呆头呆脑的，上课的时候总是不知道在想什么。他顽皮、贪玩，成绩很差，可是他从来都不在乎这些，因此经常遭到老师的体罚，后来不得不转学到另一所学校。对学习没有兴趣的他在学校度日如年，盼望着能早日结束这令人憎恶的课程，回家玩游戏。因为笨，他经常受到老师严厉的惩罚，多次受到鞭打，这也使得他更不愿意在学校学习。母亲只好为他请了两位年轻的家庭教师，让他在家中学习。经过家庭教师的耐心教育，3年后，丘吉尔的学习成绩有了很大的进步。

读中学时，丘吉尔成了一个梦想家和叛逆少年。他崇拜大诗人拜伦，做着当诗人的梦想；他不愿意坐在教室里读那些枯燥无味的书，不愿意去完成老师安排的作业。父亲见他不愿意在学校学习，就鼓励刚满15岁的他报考军事学院。然而，因为文化课基础实在太差，丘吉尔前两次都名落孙山。经过一年的补习和准备，丘吉尔才如愿以偿，但考试成绩还是只够进入骑兵学科。

睿智箴言

成功不要紧，失败不致命。继续前行的勇气，才最可贵。（温斯顿·丘吉尔）

成年后的丘吉尔投身政治，母亲尽力帮助他疏通仕途。26岁的丘吉尔被选为英国国会议员。后来，丘吉尔当选为英国首相，第二次世界大战时期，他领导英国人民抗击法西斯，虽然经受过多次失败，但他绝不低头，经过艰苦卓绝的斗争，终于取得了反法西斯战争的胜利，成为20世纪全球最重要的政治领袖之一。

男孩当自强

丘吉尔曾这样总结自己说："我的成就就是从一个失败走向另一个失败，但依旧兴致勃勃。"在一次应邀到某大学作一个主题为"成功秘诀"的专题演讲时，丘吉尔说："我的成功秘诀有三个：第一是，绝不放弃；第二是，绝不、绝不放弃；第三是，绝不、绝不、绝不放弃！""从一个失败走向另一个失败，但依旧兴致勃勃。"这是一种不惧失败，勇于拼搏的精神，正是这种精神成就了丘吉尔。

人生一世，总免不了遭受挫折和失败。在我们的生活中一直潜藏着这样一个定律，"只有经过努力和挫折才会成功，而有成就的人往往饱经挫折。"这样的定律永远不会消失，永远会在不同的人身上轮回。正所谓"失败孕育成功"，失败了没关系，因为失败后的态度和行动才是衡量一个人是否成功的关键。

历史上善败者很多，越王勾践就是其中的一位，他曾兵败给吴国，在吴国受尽侮辱，吃尽苦头。可他回国后，谨记那份耻辱，"十年生聚，十年教训"，他在卧薪尝胆的同时，总结经验，吸取教训，终于大破吴国，一雪国耻，让失败变为成功。

美国总统林肯更是一位勇敢的“善败者”。在当总统之前，他同样经受过很多失败：一次申请公务员失败，两次做生意失败，五次角逐议员落选，但这些都没有使他泄气，也许正是他在次次失败中吸取的经验教训才造就了他在美国人心目中是最伟大人物的地位，也造就了他这段变失败为成功的神话。

失败和成功就好比一个天堂一个地狱，看似相去甚远，但请相信只要我们是“善败者”，我们就能变失意为反省，改挫折为动力，化失败为成功。其实，挫折不等于失败，真正的失败是自己失去信心，失去成功的信念。没有什么东西会和我们作对到底，最终决定我们命运的是我们的意志。

3 诺贝尔的坎坷和磨难

人物小传

阿尔弗雷德·伯纳德·诺贝尔（1833—1896），出生于瑞典首都斯德哥尔摩的一个知识分子家庭。瑞典化学家、工程师、发明家、军工装备制造商和炸药的发明者。在他的遗嘱中，他利用巨大的财富创立了诺贝尔奖，各种诺贝尔奖项均以他的名字命名。人造元素锘就是以诺贝尔命名的。

成长故事

诺贝尔出生时体弱多病，并且个性比较内向、孤僻。小时候，诺贝尔经常和喜欢研究炸药的父亲一起去实验，在轰隆轰隆的爆炸声中度过了自己的童年，也练就了诺贝尔顽强勇敢的性格。

睿智箴言

人生最大的快乐不在于占有什么，而在于追求什么的过程中。（阿尔弗雷德·伯纳德·诺贝尔）

诺贝尔8岁上学，可只受过一年的正规教育，全家就迁居到俄国。由于语言上的障碍，诺贝尔进不了当地的学校，只好跟一个家庭教师学习。体质虚弱的诺贝尔特别勤奋好学，学习成绩也很优秀。15岁时，因家庭经济困难，他停止学业，来到了父亲开办的工厂当助手，这使他有了更多的机会接触化学研究，并对此表现出了浓厚的兴趣。在那里，他细心地观察着，认真地思索着，如饥似渴地学习着。

成年后，他主动承揽了父亲工厂里研究威力更大的炸药的任务。尽管他很努力，也很有经验，却多次遭遇失败，这让他十分沮丧。每当这时，父亲总是鼓励他："孩子，继续努力，你肯定能行！"父亲的鼓励，给了他前进的动力，他投入更大的激情到研究和试验中。经过五十多次反复的试验，诺贝尔终于成功地研制出了硝化甘油炸药，瑞典、丹麦、英国等多个国家都为其颁发了专利证书。从此，诺贝尔名声大振。

但诺贝尔对炸药的研究并没有就此停止，他不断地倾注心血在新的发明上。然而研究炸药是一种具有很大风险的工作，尽管他十分注意安全问题，但一场灾难还是发生了！"轰"的一声巨响后，诺贝尔的实验室顿时化为灰烬，包括诺贝尔弟弟在内的五名工作人员当场被炸死，诺贝尔的父亲也从此半身不遂。为此，政府禁止诺贝尔继续进行爆炸实验。面对层层阻力，诺贝尔没有就此收手。他搬出市区，来到一个湖上，在船只上继续进行实验。他以极大的毅力在船上度过了整整四个年头，在数百次的失败后，他终于获得了成功。世界上第一次能够安全运输的，安全性比较强的固体炸药——黄色炸药由此产生。

历经了无数的坎坷和磨难，诺贝尔终于靠刻苦持久的学习和研究，成长为一名科学家和发明家。

男孩当自强

先贤说过："天将降大任于斯人也，必先苦其心志，劳其筋骨。""文王拘而演《周易》，孔子厄而著《春秋》，屈原放逐，乃赋《离骚》，左丘失明，厥有《国语》，孙子膑足，《兵法》修列，不违迁蜀，世传《吕览》，韩非囚秦，《说难》、《孤愤》……"从古到今，一切杰出的人物，没有一个人生之路是一帆风顺的。只有善于把握逆境的人才能在逆境中崛起，只有历经磨难的人才具有担当大任的资历。

成长中的我们，作为一个普普通通的人也是一样，人生旅途能够一帆风顺的不多，许多时候都不得不面对痛苦的伤害。常言说，人生不如意十有八九，尽管每个人都渴望人生道路上洒满阳光，没有荆棘，然而曲折、磨难、贫穷、厄运、失败、逆境总会不请自来，不是遇到这个就是遇到那个。即使不遇到大坎坷，也会遇到小曲折。

许多时候，人生的动力来自失败后的发愤，来自坎坷和磨难，来自逆境和困境。逆境的确让人伤心落泪，痛苦难忍，给人带来心灵上的创伤和精神上的折磨，但逆境却能磨炼毅力，培养人才，激发潜能。许多时候人们潜能的发挥，恰恰是在不如意中。人只有在经历了种种磨难之后，才会变得顽强起来。

因此，当身处顺境时，切莫得意忘形，因为顺境只是一时，不是一世；当身处逆境时，也莫悲观失望，因为只要勇于战胜逆境，顺境就在前面。无论是顺境还是逆境，对人生的作用都是双重的，关键是怎样去认识和对待它们。当逆境来临时，抱怨消沉，唯一的选择是坦然面对，勇敢地砸碎痛苦，方能战胜逆境，把逆境化为动力，更加发愤努力。只要善于利用顺境，勇于正视逆境和战胜逆境，远大的人生目标就一定能够实现。

4 屡屡失败的迪斯累利

人物小传

本杰明·迪斯累利（1804—1881），出生于英国一个犹太商人家庭，政治家、小说家。成年后对政治怀抱兴趣，并从政而当选下议院议员。1848年当选为英国保守党领袖，曾两度出任英国首相。被英国女王加封为比肯斯菲尔德伯爵。他是第一个出身于犹太人家庭的英国首相。

成长故事

1804年，在英国的一个犹太人家庭诞生了一个男孩，这个男孩身上遗传了犹太人不屈不挠的基因，血管里流淌着犹太人顽强奋斗的血液。做商人的父亲给他起名叫本杰明·迪斯累利。因为父亲忙于生计，迪斯累利幼年时在一个私立学校受教育，13岁时，父亲把他送到一个牧师办的学校读书。15岁时，迪斯累利辍学回家，在家里自学。这期间，他读到了许多伟人和英雄人物的故事，受到他们的影响，迪斯累利梦想着将来当个伟人，能像荷马、恺撒、莎士比亚或拿破仑那样举世闻名。17岁时，他进入一个律师事务所当练习生并开始了文学创作活动。

20岁时，迪斯累利到国外进行了一次短暂的旅行，这大大开阔了他的眼界，也由此下决心不再当律师，而是去干一番大事业。之后，他参与投资一个矿业公司，可不到半年就破产了，迪斯累利负了一笔巨债，从此，他的前半生背上了沉重的债务包袱。没办法，他只得靠写作为生。22岁时，他写了一部中篇政治讽刺小说《维维安·格雷》。小说因为攻击一个政治家，遭到了那个政治家和文学界人士的冷遇。这对初出茅庐的迪斯累利来说简直是不堪忍受的沉重打击，但他并没有被失败打倒。他暂时离开英国，到国外进行了一年多的旅行。这次旅行，在他的生活道路上具有转折的意义。他开始对政治、外交产生了浓厚兴趣，深感要在事业上有所建树，必须投身于政治斗争。他内心里的那股傲气和强烈的领袖欲被完全激发出来，立志要成为一位伟大的人物。这个梦想给了他前进的不竭动力，回国后，他积极地投身政治活动。可是，在迪斯累利前进的道路上充满了各种障碍，但是他毫不畏惧，从不气馁。世人对他的讥讽、蔑视、指责，他满不在乎，对议院里议员们对他的不屑一顾，也坦然面对。他不仅没有被这些困难吓倒，而且在战胜这些困难的过程中还锻造了他刚毅的品格，成为他迈向成功的动力。在不懈地努力下，他终于由社会最底层登上了权力的顶峰——成为英国首相，并且几乎主宰英国的命运长达二十多年。

> **睿智箴言**
>
> 成功的秘密是目的的坚定不移。（本杰明·迪斯累利）

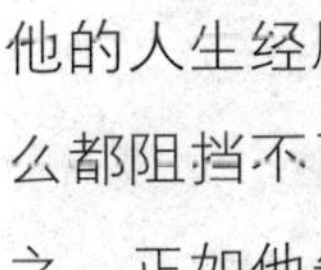

男孩当自强

有人说，本杰明·迪斯累利是屡屡失败的成功者，这个评价很符合他的人生经历。面对屡屡失败，迪斯累利在内心常常告诫自己："无论什么都阻挡不了自己前进的脚步。"所以，在一切挑战面前，他总是泰然处之，正如他告诉那些挑战他的人们时所说的："总有一天，你们会认识到我的存在价值，我深信那一天很快就会到来了。"

任何一个人都不希望失败，失败也是任何人都害怕和讨厌的。然而，在五彩缤纷的现实生活中，任何人都不可能不遇到失败。古今中外，每一个有成就的人，都是经历了无数次失败，在失败的泥坑中爬起来，抖去身上的泥土，然后一如既往地去奋斗。对于那些有成就的人来说，1000次的失败，只能是第1001次地站起来。

面对失败，关键是要看我们每个人的态度。人生就是要面对失败和挫折，当我们遇到挫折和失败而一蹶不振甚至悲观失望时，切记失败是暂时的，我们的人生之路还很长很长，有几次碰壁，这不算什么，想想那些从失败中奋起的前人们，他们就是我们前行的榜样。

当然，失败不是轻而易举就能战胜的，所以，失败时，可能会引起别人的冷嘲热讽或挖苦揶揄，但只要坚信我们的追求是光明的，是进步的，就让那些流言飞语随风而去吧，正如但丁所说：“走自己的路，让别人说去吧！”

5 哈兰·山德士只成功一次

人物小传

哈兰·山德士（1890—1980），出生于美国印第安纳州亨利维尔附近的一个农庄。肯德基品牌的创造者。发明了著名的“肯德基炸鸡”，开创了“肯德基快餐连锁”业务。今天，肯德基是世界上最大的炸鸡快餐连锁企业，在世界各地拥有超过15000家的餐厅，以山德士形象设计的肯德基标志，已成为世界上最出色、最容易识别的品牌之一。

成长故事

哈兰·山德士5岁时，父亲病故，本来贫困的家庭，日子变得更加艰难起来。12岁时，因继父待他不好不得不辍学。14岁时，他离开家开始了流浪的生活，可失败也由此接踵而来。16岁，他参加远征军，却因极度晕船而被提前遣送回乡；18岁，他结了婚，只过了几个月，妻子就卷了家中的所有财产逃走；20岁后，他当电工，开轮渡，当铁路工人，样样不顺；30岁，他做保险公司推销员，由于老板不兑现奖金而与之发生矛盾，尔后愤然辞职；31岁，他通过自学法律，当上了律师，可在一次审案时，却在法庭上与当事人动起手来，因而他又痛失律师的工作；35岁，他做轮胎推销员，不幸又一次光顾他，当他开车路过一座大桥时，大桥的钢绳断裂。他连人带车跌到河中，为此身受重伤而休养了好几年；40岁，他开了一个加油站，却因与竞争对手发生矛盾将其打伤而引来一场没完没了的官司；年近50岁时，他与第二任妻子离婚，自己带着三个孩子艰难地生活；60多岁时，他开了一家快餐店，经营自己的炸鸡，但生意刚刚红火起来，政府修路又占了他的店，他为了还债再次沦为穷光蛋。没有了生活来源，他只得依靠政府的每月105美元的救济金生活。他不想就这样生活，于是，到一些小餐馆推销自己的炸鸡技术，想能分一点利。在两年中，他被拒绝了1009次，终于在第1010次时，得到了一个饭店老板的一句“好吧”的回答。于是他逐渐有了属于自己的品牌和专利。年近七十岁的时候，他被吵嚷着要与他合作的人团团包围，要买特许权的餐馆代表还在蜂拥而至。为此，他建起了学校，让这些餐馆老板来学习怎样经营特许炸鸡店。74岁时，他转让了自己创立的品牌和专利，他拒绝了购买人将股份作为购买金的一部分支付给他的要求，但后来证实了这种选择的错误性，股票大涨，他失去了成为百万富翁的机会。

睿智箴言

人们经常抱怨天气不好，实际上并不是天气不好。只要自己有乐观自信的心情，天天都是好天气。

（哈兰·山德士）

81岁时，他将自己开创的这项潜力无穷的事业出售别人。他，就是肯德基的创始人——哈兰·山德士。有了他的“特许经营”，今天的肯德基才会成为全球最大的炸鸡连锁集团。

面对人生的第1010次时，他终于成功了。他说：“一次成功就够了。”

男孩当自强

每个人在一生中都有一门重要的学问要学习，那就是怎么去面对“失败”，对“失败”处理的好坏往往决定了一个人一生的命运。面对无数次的失败和变故，哈兰·山德士曾说：“人们经常抱怨天气不好，实际上并不是天气不好。只要自己有乐观自信的心情，天天都是好天气。”

人生不如意十之八九，失败是常伴我们左右的，失败是每个人必须经历和面对的。失败能激励人，失败也会击垮人，所以，如何面对失败，这对一个人的人生来说是至关重要的。失败并不重要，重要的是我们如何面对失败。把失败当做奋起的动力，那么失败就能成为我们前进的发动机和助推器。

有一个电影叫《永不放弃》，故事是说一个残疾的22岁青年人，通过自己的努力和坚持，不但做到了常人能做到的事情，而且做得比常人更出色。他的永不放弃的精神，感染了身边的每一个人，鼓舞了许多观众。韩国一名69岁的老妇人为了拿到驾照，她每周五天、每天一次去参加驾照考试笔试，虽然失利949次，不过她的成绩却是稳步上升，第950次考试时终于拿到了合格分。在她家的墙壁上，她贴了一个自己手写的口号，“永不放弃！”

当种种厄运、种种不幸、种种挫折困扰我们时，坚持住，不气馁，不放弃，坏事是好事的开端，失败是成功的前奏，勇敢地面对厄运，把埋怨的力气化为动力，一切皆有可能。只要永不放弃，每次失败后认真总结经验和教训，把经验和教训转变为向上的力量和阶梯，有朝一日我们定会战胜失败，成就人生的理想。

6 史泰龙的坚持

人物小传

西尔维斯特·史泰龙（1946— ），出生于美国纽约曼哈顿一个贫困的家庭，美国演员、导演及制作人，少年时期是足球明星，同时开始积累演戏经验，后来进入迈阿密大学研读戏剧，并着手写作。以《洛奇》《第一滴血》等系列动作片，打下个人的事业江山，并凭借着壮硕的身材，成为观众心目中的超级偶像。

成长故事

有一个年轻人一心梦想着做演员，当电影明星。但是他穷困潦倒，几乎一无所有。更为糟糕的是，他出生时被镊子伤害了面部神经，从而导致左脸颊部分肌肉瘫痪，左眼睑与左边嘴唇下垂，语言能力受到很大的影响。长相一般，语音不清，又没有人支持和帮助……可就是这样，他仍执拗地认为他能做到，而且全心全意地坚持着自己心中的梦想。为了实现他的明星梦，他写好剧本后便到好莱坞的电影公司毛遂自荐。

当时的好莱坞共有500家电影公司，他根据各家电影公司所在的位置进行了仔细地规划，然后按照自己所排列的名单顺序，开始逐个拜访。第一

睿智箴言

失败不要紧，也许下次就成功了。（西尔维斯特·史泰龙）

遍拜访的结果是一无所获，无功而返，没有一家电影公司愿意聘用他，更没有人对他的剧本感兴趣。面对无情的现实，他没有灰心，而是马上又开始了他的第二轮自我推荐。第二轮也以失败告终。紧接着他进行了第三轮的拜访，结果仍与前两次一样。三次打击，虽然让他感到伤心，但是却没有撼动他坚强的意志和决心，不久，他又咬牙开始了他的第四轮自荐。当走到第350家电影公司，也就是在他得到第1850次拒绝后，终于看到了一丝希望，这家老板破天荒地答应让他先将剧本留下看一看。欣喜若狂的他怀着忐忑不安的心情等了几天后，终于等到了这家电影公司请他去详细商谈的通知。他终于得到了幸运女神的眷顾，得到了梦寐以求的机会。而且这家公司不但决定投资开拍这部电影，而且还请他担任剧中的男主角。这部影片的名字叫《洛奇》。

这个年轻人的处女作一经问世，就获得了巨大成功，《洛奇》获得了奥斯卡最佳影片奖。这个年轻人就是美国好莱坞武打动作巨星、导演及制作人西尔维斯特·史泰龙。

男孩当自强

比尔·盖茨说：“无论遇到什么不公平——不管它是先天的缺陷还是后天的挫折，都不要怜惜自己，而是要咬紧牙关挺住，然后像狮子一样勇猛向前。”有所成就的人与平凡之人的区别大概就在这里，前者都能持之以恒，做人所不能做之事，于是才会创造奇迹。所以说，创造奇迹的一个关键词，就是“坚持”，而并不是人们所想的特殊才能。而强烈希望获得成功的人，自然就能做人所不能做，不管遇到什么问题，总能咬紧牙关，坚持到底。

坚持是人生路上一个很重要的品质。一位哲人曾语重心长地告诉人们："要从容地着手去做一件事，但一旦开始，就要坚持到底。"一句很简单的话，但是要真的做起来，并不容易，而且没有想象中的那么简单。就像我们常说的，要做一件、两件好事完全没有问题，但是，当我们要一直做好事的时候，就会发现，其实还真是不容易。坚持的力量很强大，关键是我们真的能坚持住。要像河蚌一样忍受沙粒的磨砺，坚持不懈，最后才能孕育绝美的珍珠；要像顽铁那样忍受烈火的赤炼，坚持不懈，最后才能炼就成锋利的宝剑。

人生中的许多事情成败与否都取决于踏平坎坷地坚持的毅力。认准的事情，就要坚持做到底，直到有所收获。事实上，很多人实现不了自己的目标，很大程度上就是少了一种坚持，少了一种非要把事情干到底的精神，他们往往浅尝辄止，因此眼睁睁地失去了可能到手的果实。看准的事情就要不屈不挠地坚持干下去，直至有所成就，这才是智者的唯一选择。

7 一生多磨难的塞万提斯

人物小传

塞万提斯（1547—1616），出生在西班牙一个贫困的外科医生之家，西班牙小说家、剧作家、诗人，被誉为"西班牙文学世界里最伟大的作家"。他的小说《堂吉诃德》是世界文学史上的第一部现代小说，同时也是世界文学的瑰宝之一。

成长故事

因为家里生活艰难，塞万提斯断断续续地受过相当于中学的教育。21岁时，他开始写诗，曾当过教师，做过红衣主教的家臣。后来又参军，在一次与土耳其军队的战斗中，他不幸受伤，左手失去了活动的能力。

后来，塞万提斯一直随军队漂泊各地，并逐渐对文学产生了浓厚兴趣，因此，立志成为一名历史学家。他厌倦了多年的征战和漂泊，决定返回祖国西班牙，可是灾难又一次降临了。途中，他们乘坐的船只遭到了海盗的袭击，船上的人都被俘虏了，塞万提斯做了长达5年的奴隶。在失去自由的日子里，塞万提斯曾多次策划逃跑，但结果都失败了。每一次失败后，塞万提斯都会遭受到更加残酷的虐待。因为总想逃跑，他又被送到一艘船上服苦役。在那样的船上服苦役的人没有一个能够活着回来，这对塞万提斯来说，基本上就被判了死刑。幸运的是，他遇到了一个好心的修士，修士觉得塞万提斯很有才华，就想办法救了他。重获自由后的塞万提斯生活没有着落，只好又去军队做了名军需官，可是命运并没有因他先前所遭受到的一次次磨难而怜悯他，他又因蒙受不白之冤而入狱。总算出狱了，生活又陷入困境，一家人过着饥寒交迫的生活。

然而，塞万提斯并没有被一次次的厄运击倒，他顽强地挺过了难关。那些戏剧性的生活经历，给他带来了更多的感悟和思想，在他的脑海中留下了深深的烙印。在磨难和困境中，他完成了《堂吉诃德》、《努曼西亚》、《惩恶扬善故事集》、《加拉黛亚》、《巴尔那斯游记》等一部部经典巨著。其中，《堂吉诃德》成为当时最具影响力的代表作，并成为风行于世的不朽作品。

睿智箴言

当一扇门关上时，另一扇会打开。（塞万提斯）

男孩当自强

人们常说“自古英雄多磨难”，真正的英雄是绝对不会甘于在磨难面前低头，平庸地生活一辈子的。尽管磨难给予我们的是痛苦，是厄运，但真正的强者，是勇于与命运抗争的，是勇于战胜磨难的。

古人云：“天将降大任于斯人也，必先苦其心志，劳其筋骨，饿其体肤……”唐朝诗人黄蘖禅师在《上堂开示颂》诗中说：“不经一番寒彻骨，哪得梅花扑鼻香。”塞万提斯也说：“当一扇门关上时，另一扇会打开。”在一个人的成长过程中，有时上帝的延迟并不是上帝的拒绝，上帝也打开了那一扇属于坚持、属于信念、属于屡扑屡起的门。

当今英国著名科学家霍金，因患上“渐冻症”，被禁锢在一张轮椅上长达40年之久，然而他却身残志不残，使之化为优势。或许上帝给了他不健康的体魄，或许上帝在他的追求之路上设立了难以跨越的难关，但在死神面前，他选择了坚持，他尝试着打开另一扇门。通过敏锐的头脑，他发现了黑洞之谜，给世界科学领域增光添彩，他不断探索的精神力量和顽强不倒的人格魅力让上帝折服，让奇迹发生。

贝多芬曾说过：“卓越的人的一大优点是：在不利和艰难的遭遇里百折不挠。”因为只要我们追求卓越，超越自我，我们就会发现，当我们认为无路可走的时候，其实还是会峰回路转有路可行的。其实世上没有完全的绝境，那只是我们在没有找到一条可走的路时暂时的处境。

8 果戈理的重来

人物小传

尼古莱·瓦西里耶维奇·果戈理（1809—1852），出生于今天的乌克兰的一个地主家庭，当时为俄国的辖地，故一般将其称为俄国作家。俄国19世纪最伟大的作家、批判现实主义文学的奠基人之一。他善于描绘生活，将现实和幻想结合，具有讽刺性的幽默，最著名的作品是《死魂灵》、《钦差大臣》等。

成长故事

果戈理的父亲是一名诗人和民间喜剧作家，父亲编写的戏剧在果戈理的心里留下了深刻的印象，激发了他对戏剧乃至文学的爱好。父亲去世后，中学毕业的果戈理在圣彼得堡遇到了伟大的诗人普希金，后来，普希金成为他的朋友并帮助他走上写作的道路。

果戈理对自己的作品要求非常严格，有时甚至到了苛刻的地步。一天，他邀请一个著名诗人来听他读一个刚写好的剧本，以便征求意见。时间正值中午，诗友年纪较大了，果戈理忘了诗友素有睡午觉的习惯，在他读剧本的过程中，诗友便打起瞌睡来。果戈理没有再读下去，当诗友醒来时，果戈理非常诚恳地对诗友说：“我本来是希望听到您对我的作品的意见，您的瞌睡就是最好的批评。”说着，他就毫不惋惜

睿智箴言

谁希望成为一个具有智慧的人，谁就没有时间去淘气胡闹；淘气胡闹是应该自行消灭的。（尼古莱·瓦西里耶维奇·果戈理）

地把剧本的手稿扔进了火炉里。诗友还没来得及解释，手稿已在炉火中化为灰烬。于是，果戈理又重新开始写那个剧本。正是这种近乎苛刻的作风，使果戈理在文学创作上取得了巨大成就，他的小说《死魂灵》一出版，就震撼了整个俄国，成为俄罗斯文学走向独创性和民族性的重要标志。他也成为享誉世界文坛的一代文豪。

男孩当自强

正是果戈理对自己的严格要求，对作品的精益求精，才使他不断地推倒重来，最终使得他的作品成为不朽的著作。

英国史学家卡莱尔经过十多年的努力，总算完成了法国大革命史的全部文稿，他将这本巨著的手稿送给朋友米尔阅读，请米尔提提建议，批评指教。过了几天，米尔脸色苍白地来了，他向卡莱尔报告了一个坏消息：那本原稿被他家的女佣当做废纸，丢入火炉化为灰烬了。卡莱尔非常失望，但他并没有就此绝望，他整理好过去的资料，从头写起。

学知识、写文章、做学问、做事情，不可能一下子就做得那么好，有时候可能还会失败，这些都不可怕，关键的是，我们要敢于重来。敢于重来是一种勇气，更是人生的一种大智慧，因为推倒重来，就要首先否定自己，就要再付出许多辛苦，别怕否定自己，否定自己的过去，正是为了我们能够做得更好，为了我们有一个更美好的明天；别怕付出辛苦，付出辛苦才能收获甘甜。敢于重来，就是为自己打开了另一扇把事情做好的窗，就是为我们找到了另一条通道。

永不言弃，敢于重来，这是一种坚持到底的精神，这是一种相信自己能够做得更好的勇气，这也是一个人做成一件事的关键。在大海上航行的船没有不带伤的，在困难和挫折面前，重要的不是我们有没有能力去战胜它，而是我们的精神状态和心态如何。有的人一遇到困难和挫折，便以为自己已经无能为力，便幻想奇迹会出现，会有人前来救他，而一旦这种幻想破灭，他们就失去了坚持下去的精神和勇气，而使自己的努力功亏一篑。在困难和挫折面前，能救我们的是坚持到底的信心和勇气，只要我们坚持不放弃，意志坚定，以必胜的精神和心态去苦干去奋斗，以无所畏惧的精神重来，我们就能收获胜利的果实。

9 刘邦的百次与一次

人物小传

刘邦（前256—前195），西汉王朝的开国皇帝，字季，汉民族和汉文化伟大的开拓者。沛郡丰邑中阳里（今江苏省徐州市丰县）人。谥号高皇帝。刘邦出身农家，早年当过亭长，为人豁达大度，不事生产。秦朝时因释放刑徒而逃亡到芒砀山中。秦二世元年（前209年）九月，刘邦在沛郡聚众响应陈胜、吴广起义，称沛公。秦灭亡后与西楚霸王项羽争夺天下，打败项羽，建立西汉，称汉高祖。

成长故事

秦朝末年，刘邦率众进入关中，占领了秦朝的都城咸阳，按“先入关中者王之”的约定，刘邦应该在关中称王，可是慑于项羽的威力，他只得带领自己的人马退出咸阳，把咸阳的一切都拱手让给项羽；又因实力不敌项羽，在“鸿门宴”上不得不狼狈逃跑。

被封了个没人愿意去的地方当汉王后，刘邦任用一些能人，积聚一些力量，终于趁着项羽无暇顾及他的时候，攻占了西楚的都城彭城。进入彭城后，刘邦志得意满，每日饮酒宴会，一味享受。怎料想“战神”项羽突出奇招，亲率3万精兵突袭刘邦的联军。致使他的56万乌合之众一败涂地，刘邦仅与数十骑侥幸逃出重围。父亲刘太公、母亲刘媪和妻子吕雉等皆被楚军虏获，成为人质。

> **睿智箴言**
>
> 你可以失败一百次，但最后一次你一定要成功！（刘邦）

落荒而逃的刘邦心有不甘，发誓血债要用血来偿。于是，重整旗鼓，退守荥阳、成皋一带的广武山。和项羽对峙时，又被禁军射中胸部而逃离战场。在荥阳城，刘邦又被楚军团团围在城内达一年之久。刘邦向项羽请和，项羽不允，刘邦无奈，只得用陈平的计策，选了两千美女去吸引禁军，让纪信装扮成自己假投降，才金蝉脱壳，率数十骑残兵仓皇地逃回关中。

可刘邦并没有就此偃旗息鼓，他整顿军队，训练士兵，终于得到机会，垓下一战，项羽自杀，全歼楚军，刘邦获得最后的胜利。从此奠定了汉朝四百多年的天下。

男孩当自强

刘邦晚年和他的孙子总结自己一生征战成败时，曾说过这样一句话：“你可以失败一百次，但最后一次你一定要成功！”简单的一句话，概括了刘邦从失败到成功的经历，也道出了刘邦成功的原因：不畏惧多次的失败，不放弃失败后的努力，在屡屡的失败中寻找最后的成功。

回顾刘邦和项羽争天下时，确确实实失败的时候居多。

明朝学者崔后渠有句名言："得意澹然，失意泰然。"在如何对待失败、逃跑和成功的问题时，刘邦真正做到了"澹然"和"泰然"。电视剧中的刘邦在一次失败逃跑前说："我也不是败一次了，我也不是逃跑一次了。我还差这一次吗？"是的，刘邦不怕失败不怕逃跑，但关键是，他能够坚持到底，不怕重来。正是这种"澹然"和"泰然"的态度，让他最后取得了胜利。

人生在世，不可能一下子就把所有的事情都做得那么好，那么完美，有时候可能还会失败，甚至一个接着一个的失败，这些都不可怕，关键的是，要永不言弃，要敢于重来。永不言弃是一种坚持到底的精神，更是一种超乎常人的品质；敢于重来是一种相信自己能够做得更好的勇气，更是人生的一种大智慧。

坚持不放弃，意志坚定，以必胜的精神和心态去苦干去坚持去奋斗，持之以恒地朝着正确的方向前进，成功的机会就会向我们走来。

10 法拉第接受磨难的考验

人物小传

迈克尔·法拉第（1791—1867），出生于萨里郡纽因顿一个贫苦的铁匠家庭。英国物理学家、化学家，也是著名的自学成才的科学家。仅上过小学。1831年，他作出了关于力场的关键性突破，永远改变了人类文明。英国皇家学会会员，曾荣获伦福德奖章和皇家勋章。

成长故事

1791年9月22日，这是一个既普通又不普通的日子，一个男孩在这一天降生在英国萨里郡纽因顿一个贫苦的铁匠家庭。可男孩的降临并没有给在贫困中挣扎的父亲带来多少欢乐，家里又多了一张嘴，他只得在铁匠铺更加拼命地干活。为了改变贫穷的命运，为了让一家人填饱肚子，在男孩5岁的时候，父亲把全家迁到首都伦敦。可是上帝不但没有给男孩一家赐福，反而在男孩9岁那年，夺去了他父亲的生命。为了活下去，只读了几年小学的他不得不承担起生活的重担，去一家文具店当学徒。13岁的时候，男孩又转到一家书店当学徒。开始负责送报的工作，后来做图书装订工。

工作辛苦劳累，工钱又少得可怜，凄苦的学徒生活，让年少的他经受了人世间的种种磨难，但这也磨炼了他的意志，让他的内心逐渐坚强起来。他在心底里暗下决心，一定要改变自己的命运。

值得庆幸的是，在书店工作期间，他有机会接触书了。于是，工作之余，他钻进书堆里，捧起书便读。慢慢地，他的知识增多了、眼界也开阔了，知道了读书学习的重要性。从此，他利用一切可以学习的机会，到一些不用花钱的学会组织那里听讲座，苦读自学。经过不懈的努力，他掌握了一定的自然科学基础知识。19岁那年，他有机会聆听了一个化学家的几次讲座，对科学研究产生了极大的兴趣，他把化学家的讲座精心整理成一本集子，并带着这本集子向化学家推荐自己，化学家被他的真诚好学、爱好科学研究的精神所感动，推荐他到皇家研究所任实验室助手。这成了他人生的转折点，从此他踏上了献身科学研究的道路，最终成为闻名于世的科学家。他发现了电与磁之间的神秘联系，发明了第一个发电机和

睿智箴言

希望你们年轻的一代，也能像蜡烛为人照明那样，有一分热，发一分光，忠诚而踏实地为人类伟大的事业贡献自己的力量。（迈克尔·法拉第）

电动机，为我们打开了电力时代的大门。他就是一代科学巨匠迈克尔·法拉第。

男孩当自强

在人生路上，没有一个人可以随随便便、轻轻松松就能成功。所以想追求成功的人都要经历磨难、困苦、挫折、失败……磨难不是成功路上的绊脚石，磨难是上帝带给追求成功之人的考验。人生需要磨难的洗礼，一个人不经历磨炼就不能成功，一个没有经历过磨难的人生是不完整的人生。“艰难困苦，玉汝于成”，一个人只有经历苦难，经历磨难，经历困苦，才能积累经验，才能增强毅力，才能培养意志，才能更懂得热爱和珍惜自己的生活和事业，才能树立起远大的理想和志向，才能踏平坎坷成大道，才能走向人生的辉煌！

三、男孩自强，要相信世上没有天才

每个人生来都不是天才，虽然智商上有所差别，但所有的知识都是通过后天的努力学来的。换一种方式，我们的人生也许会更成功。

1 小时候学习成绩倒数的卡梅伦

人物小传

戴维·卡梅伦（1966— ），出生于英国的一个贵族家庭，是英国保守党的政治明星，2001年成为英国下议院议员，2005年在年仅39岁时成为英国保守党领袖，44岁时成为英国首相，他是英国200年来最年轻的首相。

成长故事

7岁时，卡梅伦进入一所私立预备学校，这是一所很有名的私立小学，许多英国的贵族子弟在这里学习过，幼时的卡梅伦丝毫没有显示出政治人物的天赋。小学时不仅成绩在班里倒数第一，而且极为害羞，不愿意和别人交往，几乎让旁人感受不到他的存在。

中学时，卡梅伦读的也是贵族学校。中学里，卡梅伦的学习也不是很认真，中学毕业会考，他的成绩很一般，只有历史、艺术史、政治经济课被评定为优秀。进入青春期的卡梅伦颇为叛逆，整天戴着耳机听摇滚音乐，骑着自行车到处闲逛。

中学毕业后，卡梅伦申请到牛津大学学习并获得批准。入学前，卡梅伦选择休息一年。这一年，他到世界的不少地方去旅行，这次旅行让他增长了很多见识。在牛津大学读书时，他虽然选择了哲学、政治与经济学，但刻意避开各种政治性活动，与政治活动极少沾边。他觉得自己这样做过得很快乐。不但如此，他还加入了一个餐饮俱乐部，这是一个以放荡不羁著称的贵族阶层学生的交际俱乐部，这期间，卡梅伦以酗酒闹事出名。可是，他学习却很用功，学业也极为出色，以最佳成绩毕业。

睿智箴言

让阳光赢得一切。（戴维·卡梅伦）

大学毕业后，卡梅伦先是进入保守党政策研究部门任职，又在某商业电台工作7年后才最终从政。就是这样一个曾经的差等生、坏孩子，在几乎无人看好的情况下，以出色的演讲口才最终成功当选保守党领袖，并成为英国首相。

男孩当自强

卡梅伦并不是天生就才智过人，但是，他通过自己不懈的努力，最终登上了英国首相的宝座。世界上没有天才，每个人生来都不是天才，都需要后天的努力，天道酬勤，只要勤奋，每个人又都是不同于别人的天才。今天，人们常引用“天才就是99%的汗水加1%的灵感”来概述一个天才诞生的条件。所以，想成为天才没有别的路可走，只有勤奋。只要功夫深，铁杵磨成针；精诚所至，金石为开。

世界船王希腊人亚里士多德·奥纳西斯，身高不到165厘米。这在希腊人中算是矮个子，但他没有因此而自卑，他说：“当我站在我的钞票上，没有人可以比我更高。”因为这份自信，奥纳西斯成了天才；电影《阿甘正传》中的男主角阿甘，智商只有79，许多学校都不愿意收留他，因为他是个弱智儿。但是，他却靠着勤奋经营成为亿万富翁。天生弱智的阿甘都能成为亿万富翁，身为正常人的我们，更没有说“办不到”的理由。要知道，总是有几件事我们会比别人强，总有些地方我们比别人好，找出我们的这些优势，并且彻底地发挥它，我们就能比别人做得好。

其实我们每个人生来都不甘于普通，但是，经过一番努力，一些人的人生结局往往又不可避免地流于普通、归入平常；一些人的人生从此有了新的变化。美国人史考特·亚当斯被老板开除后却成为作家，他写的《呆伯特》系列作品，卖了数千万本，风靡了全球几十个国家，读者超过亿人，他也因此举世闻名。

世上没有人生来就是天才，即使有，那也是离不开汗水和努力的，只有勤奋、努力的人，才能算是真正的天才！

2 前途渺茫的大卫·科波菲尔

人物小传

大卫·科波菲尔（1956— ），出生于美国新泽西州一个俄罗斯移民家庭，从小就对魔术有着浓厚的兴趣。12岁时，他已经能够熟练地进行魔术表演。16岁时，他开始在纽约大学为艺术系的大学生讲授魔术课程。今天，他已经是世界知名的魔术师。

成长故事

大卫·科波菲尔从小就非常腼腆内向，上学后，每次考试，他都是倒数一二名。因为他什么也不会，所以同学们都不愿意和他在一起，老师更是不叫他回答问题。回到家里见到邻居的小朋友他都很胆怯，不敢说话。大家都认为他是个笨蛋，是个白痴。许多人都嘲笑他，说他将来注定一事无成。虽然小科波菲尔很努力，但学习成绩还是没有什么进步。他开始害怕上学，害怕被老师和同学嘲笑，他不敢和身边的孩子们玩，孤独地待在角落里，觉得自己的前途一片渺茫。老师和家长开始考虑他的退学问题。

> **睿智箴言**
>
> 我希望真正的爱心和忠实终比世间一切罪过或不幸更有力量。（大卫·科波菲尔）

小科波菲尔也实在不想再学习了。一次，他在马路边漫无目的地闲逛着，他看到一个衣襟褴褛的老人坐在路边痛哭不已，他大着胆子上前问为什么，老人说自己仅有的1美元钞票被老鼠咬坏了。看着老人很伤心，小科波菲尔悄悄地回家取来1美元的钞票交给了老人，说这是他用魔法变回来的。老人激动不已，说他是个善良的好孩子。第一次得到别人的夸奖，小科波菲尔的心里喜滋滋的。

父亲知道了这件事后也鼓励科波菲尔。为了改变一下小科波菲尔不良的心境，父亲还带他出去旅游，一路上，父亲启发他，鼓励他。小科波菲尔终于和父亲说出自己对魔术感兴趣，想成为一名魔术师。回家后，父亲就安排他跟魔术师学习魔术。

小科波菲尔虽然文化课学得不好，但学习魔术却悟性很高，不但领悟得快，而且总能有创新。12岁时，他已经能够熟练地进行魔术表演。不久他参加了全美魔术家协会，成为这个世界著名魔术组织中最年轻的成员。16岁时，他便开始在纽约大学为艺术系的大学生讲授魔术课程。终于，他成了大名鼎鼎的世界级魔术师。

男孩当自强

大卫·科波菲尔学业不成，受人嘲笑，但却成了世界上著名的魔术师，受到人们的尊敬。许多人问科波菲尔是怎么做到这些的，科波菲尔告诉他们说："这得益于我父亲的教诲，父亲曾多次和我讲这样的道理，成功对我们来说好比是个固定的车站，我们在为怎么到达而绞尽脑汁，大家都在争夺汽车上的座位，没有得到座位的人不得不等下一班汽车，可是，为什么我们不能骑马或者走着去车站呢？这样我们不是也可以到达吗？只不过我们换了一种方式。"

是的，要想达到目的并不只有一条道路，与其为了那已不可能实现的理想，在那里痛苦懊悔，倒不如寻找新的目标，重新上路。换一种方式，也许人生更辉煌。当我们调整好自己努力的方向，找到新的适合我们的目标，我们就会发现，噢，原来天地是这般宽广。

也许我们学业一般，但是我们喜欢体育活动，球打得很好；也许我们智商一般，但我们的情商很高，有领导和管理能力；也许命运注定我们做不了英雄，但是，我们能踏踏实实地做好身边的每一件事；也许做不了什么惊天动地的大事业，但我们可以把我们的人生经营得很快乐……对成长中的我们来说，人生的路有千万条，只要我们的每一步都朝着正确的方向走，不仅仅只是学习好、成绩好才行。生活也确实是这样，假如我们发现走这条路不能到达目的地的话，就可以走另一条路试试！

所以，我们要学会换一个看待人生的角度，随时给自己鼓掌，随时感恩自己所拥有的，就没有人可以决定我们快不快乐或行不行。除非我们自己选择不快乐，那是自我放弃，跟别人无关。正如当狼来了，兔子不会游泳可以钻洞，松鼠不能游泳可以爬树一样，这没有可比性，但都达到了自己的目的。

3 伊姆雷一往无前做喜欢的事

人物小传

凯尔泰斯·伊姆雷（1929— ），出生于匈牙利的布达佩斯，犹太裔作家。14岁时被德国纳粹投入奥斯维辛集中营，1945年获得解救。后来做记者并开始自由撰稿人的写作生涯。1975年，以他在集中营的生活为背景的小说《无形的命运》出版。2002年获得诺贝尔文学奖。

成长故事

凯尔泰斯·伊姆雷的父亲是一位木材商人，由于小凯尔泰斯·伊姆雷生得呆笨，又总是在木材堆里玩，所以周围的人都喊他“木头”。除了呆笨，凯尔泰斯·伊姆雷没有表现出什么特别的地方。上学后，学习成绩一般，因为笨，同学和老师有时候还嘲笑他。因为笨，父母也没有对他抱多大的希望。12岁的时候，凯尔泰斯·伊姆雷做了一个梦，梦见有一个国王给他颁奖，因为他写的文章被诺贝尔看上了。当时，他很想把这个梦告诉同学们，只是怕同学们再嘲笑他，最后只好把梦告诉了自己的妈妈。妈妈听了凯尔泰斯·伊姆雷的梦，拉过他的手，鼓励他说：“假若这真是你的梦，你就有出息了！妈妈曾听说，当上帝把一个美好的梦想放在谁心里时，他就是真心想帮助谁完成的。你只要努力，就一定能够梦想成真的。”

听到妈妈的鼓励，凯尔泰斯·伊姆雷开始高兴起来，他信以为真，从此真的喜欢上了写作。他开始主动找书读，对老师留的作文题目也认真地去写。他想，“一定要坚持住，倘若自己经得起考验，上帝会来帮助自己的！”他怀着这份信念开始了写作生涯。

两年过去了，凯尔泰斯·伊姆雷没什么成绩，就在他期盼上帝前来帮助他的时候，上帝没有来，希特勒的部队却来了。1944年，14岁的凯尔泰斯·伊姆雷作为犹太人被投到德国纳粹设在波兰的奥斯维辛集中营，在集中营里，许多人失去了生命，凯尔泰斯·伊姆雷却活了下来，直到1945年被解放。

> **睿智箴言**
>
> 人的精神空间就是他适应生活的能力。（凯尔泰斯·伊姆雷）

重获自由的凯尔泰斯·伊姆雷先是到一家报社做记者，几年后开始了自由撰稿人的写作生涯。经过近十年的辗转努力，他以自己少年时代在纳粹集中营的经历为素材创作的自传体第一部长篇小说——《无形的命运》终于得以出版。之后，他又写出他的第二部小说《退稿》，接着他又写出一系列的小说。

就在凯尔泰斯·伊姆雷不再关心上帝是否会帮助他时，瑞典皇家文学院宣布：把2002年的诺贝尔文学奖授予他。当人们让这位名不见经传的作家谈谈获奖的感受时，他说："没有什么感受！我只知，当你说'我就喜欢做这件事，多困难我都不在乎'，这时，上帝会抽出空来帮助你。"

男孩当自强

每个人都拥有自己内在的思想，有自己的爱好和兴趣，只要自己有真正喜欢做的事，我们才能在任何情况下，都会感到充实和踏实。大科学家爱因斯坦说："兴趣是最好的老师。"这就是说一个人一旦对某事物有了浓厚的兴趣，就会主动去求知、去探索、去实践，并在求知、探索、实践中产生愉快的情绪和体验。因为感兴趣，所以才能不在乎任何困难地去做。

一位哲人曾说过："一个人成就的事业，必然是这个人的特长，舍长取短是天下最愚蠢的人才干的事。"成长中的我们，应该明白这样一个道理：如果要长期发展，就要有动力，而“兴趣”是发展中最重要的动力之一。

美国作家辛克莱在耶鲁大学读书的时候，他对教授说：“我这一生最想做的工作是写作。”教授对他说：“那你会饿肚子啊！”辛克莱说：“只要我能写作，我不管肚子饿不饿！”教授说：“哦，那你会成功！”其实，事情往往就是这样，当你说“我就是要做这件事，多么困难我都不在乎”时，上帝就会开始支持你。

做自己喜欢做的事，做自己希望做的事，做自己擅长的事，按照自己的心去走自己的人生，有这样一种热情，再加上坚持的态度，才能让自己更出众。人生中的成功其实很简单，认定的事情，想做就抓紧时间去做。只要做你最喜欢做的事，做你最擅长的事，然后把它做到最好，而且要坚持下去。一年不行做两年，两年不行做五年、八年，再不行做二十年、三十年，总有取得成就的一天。当然，这种认定的事、喜欢的事必须是正确的事，我就喜欢玩游戏、我就愿意天天上网和网友聊天……这些是不在此列的。

4 伍德罗·威尔逊后来居上

人物小传

托马斯·伍德罗·威尔逊（1856—1924），出生在弗吉尼亚州斯汤顿城。美国第28任总统。他是迄今为止唯一一名拥有哲学博士头衔的美国总统。1962年历史学家对31位美国总统的投票排名，威尔逊高居第4位，仅次于乔治·华盛顿、亚伯拉罕·林肯和富兰克林·罗斯福。

成长故事

小时候的伍德罗·威尔逊被认为是一个反应迟钝的孩子，因为父亲和母亲都有文化，所以他们也想早一点让威尔逊接受教育，可是，威尔逊一直到9岁的时候还不识字，简单的单词都记不住，数学的基本算法都掌握不了。这让父母很为他着急，可不谙世事的威尔逊却不知道着急，还是我行我素地玩着。

一直到10岁后，父亲开始安排威尔逊和老师学习阅读，但是他的阅读显得很困难，老师说他可能患有阅读障碍症。十多岁时，威尔逊知道了自己的不足，就开始下决心靠自学速记来弥补阅读困难这一不足，而且他对自己要求很严格，按照自己的计划每天必须完成学习内容，他的决心和自律保证了他学业的成功，使得他突破了阅读障碍，终于使学习走上正规。从这时候起，威尔逊的学习有了飞跃的进展。17岁的时候，威尔逊就转到了一所大学读书，读学士读硕士读博士，从十七岁至五十四岁曾在五所大学求学、进修或工作，积累了丰富的政治、历史、哲学等方面的知识。1902年出任普林斯顿大学校长，采取了一系列教育改革措施，取得了非常大的成效，影响深远。1911年任新泽西州州长，任职期间着手进行社会改革，为全国人民所瞩目。两年后，他在总统竞选中获得胜利，入主白宫。美国第二十八任总统。他也因博学多才，善于辞令，因而享有“百灵鸟“之称。他出版过《国会政体》、《新自由》、《国家论》等十多部政治或历史著作。他高超的演讲技巧与他深厚的知识功底是分不开的。1919年，威尔逊被授予当年的诺贝尔和平奖。

由于伍德罗·威尔逊的努力，他创造了美国历史上的多个第一。他是自1860年亚伯拉罕·林肯当选以来第一位选举产生的南方总统，也是自安德鲁·约翰逊于1868年离任之后第一个入主白宫的南方总统；他是自1799

年约翰·亚当斯之后第一位亲自在国会发表国情咨文的总统；他还是1892年克里夫兰二度当选总统之后第一位民主党籍总统；1913年3月15日他举办了美国现代史上首次总统新闻发布会，并在会上允许记者向他提问；第一次世界大战后，威尔逊第一个打破美国总统不离开美国本土的惯例，走出国门，出席了巴黎和会，缔结凡尔赛对德和约，是成立国际联盟的倡导人。

睿智箴言

有自信，然后全力以赴——假如具有这种观念，任何事情十之八九都能成功。（托马斯·伍德罗·威尔逊）

男孩当自强

十几岁时还有阅读障碍的伍德罗·威尔逊靠着自己后天不懈的努力出版了十多部政治或历史著作；因博学多才，善于辞令，而享有“百灵鸟”的美誉；成为美国总统并且获得连任……在他大学刚毕业时，他曾写道：“一个总统，只要他的能力允许，想在法律和道德方面成为多么伟大的一个人物，就可以成为那样的一个人物。”威尔逊果然成为了伟人，在美国人心中，他是可以与林肯比肩的巨人。美国史学家认为：威尔逊是使美国取得重大进步的具有远见卓识的伟人。

唐代大文学家韩愈在他的著名的文章《师说》中说：“闻道有先后，术业有专攻。”这告诉我们：懂得道理有先有后，技能学业各有专门研究，每个人擅长的事情不一样。所以说，不要看我们小时候的学习成绩怎样，不要看我们现在的能力如何。要知道，人与人之间是有差距的，有的人启蒙得早开窍得早，有的人开窍得晚，我们更不能说开窍得早的人就比开窍得晚的人有出息。一个人的潜力是无穷的，一个人的学习能力也是无限的，充分发挥自身的潜力，坚持不懈地去学习，我们就会不断地进步。

传统的“龟兔赛跑”的故事告诉我们：暂时跑在前边的不算胜利，最后的胜利才是真正的胜利。当然，最后的胜利属于能够坚持到最后的人。大发明家爱迪生说：“很多人的失败，是由于他们在放弃的时刻没有意识到其实成功已经不远了。”在许多时候，我们遭遇失败就是因为我们缺少那一点点坚持、一点点执着、一点点不屈不挠的毅力。后来居上，后起之秀往往胜过先前的人，这也符合社会发展的自然规律。别担心我们今天不行，只要我们努力，我们的明天一定会很好。

5 比贼人还笨的曾国藩

人物小传

曾国藩（1811—1872），出生于清代湖南湘乡一个富裕家庭，字涤生，清朝军事家、理学家、政治家、书法家、文学家，晚清散文“湘乡派”创立人。是中国历史上最有影响的人物之一，晚清“中兴四大名臣”之一，湘军的创立者和统帅者。官至两江总督、直隶总督、武英殿大学士，封一等毅勇侯。他的人生、智慧、思想，深深地影响了几代中国人。

成长故事

曾国藩小的时候天赋并不高，也可以说比较笨，学习起来比较吃力。老师教的东西，别人一会儿就学会了，他用一天也学不会。有一天晚上，他在家里读书，有一篇文章他不知道已经重复朗读了多少遍，可就是背不下来。他就一遍一遍地读，一遍一遍地背。夜已经很深了，他还是没背下来。他不慌不忙地就这样读着背着，这可急坏了一个人。原来，他家来了一个贼人，就潜伏在他书房的屋檐下，想等他读完书睡觉之后再进屋偷点什么。可是贼人在屋外等啊等，就是不见曾国藩睡觉。不知情的曾国藩在那里还是翻来覆去地一遍遍地读着那篇文章。见此情景，贼人实在等不下去了，他十分生气地跳进屋子，对曾国藩说："就你这么笨还读什么书？我听几遍就会背了！"说完贼人将那篇文章从头到尾地背诵了一遍，然后扬长而去！

睿智箴言

第一要有志，第二要有识，第三要有恒。（曾国藩）

曾国藩愣愣地坐在那里，眼看着贼人出门消失在屋外。他心想，自己的确是很笨。确实那贼人很聪明，至少比曾国藩要聪明，但是他只能成为贼。曾国藩虽然到14岁才能读《周礼》、《史记》等文选，考了7年秀才，22岁时才考中，考中举人后多次赴京会试又一再落榜，一直到27岁时才考中进士。但因为曾国藩用心苦读，他积累了很多知识，进入朝廷担任官职后，曾国藩更是注重学习，后来他成了清末最重要的大臣和中国近代历史上最有影响力的人物之一。

男孩当自强

曾国藩评价自己是迟钝、笨拙的人，他自称自己生平短于才，别人一眼看下去二三行，他只能读一行。别人很快就能想明白的事，他却要冥思苦想好长时间。就连他的学生李鸿章，也委婉地说他过于"儒缓"，也就是做事情太慢。但正是笨拙才造就了这个让后代一些伟人都十分佩服的曾国藩。

究其原因，正是因为迟钝，才能用心探究。学习不读懂上一句，就绝不读下一句；不读完这本书，就不会去读下一本书；不完成一天的学习任务，就绝不休息。在曾国藩的学习生涯中，没有什么高考技巧，没有什么成功秘诀，唯独可以拿出来的就是超出常人的勤奋、吃苦和踏实。正是因为迟钝，所以想成就事业才更加勤奋；也正是因为迟钝，遇事才能不耍小聪明，才能精心谋划，然后才能精细去做，最后，所承担的事情都获得了好的结果，自己所追求的目标都得以实现。我们不一定像曾国藩那样，在青史上留下姓名，但是，不论多么迟钝，只要我们勤勤恳恳，心无旁骛，总会做成一两件事情，不给自己的人生留下遗憾。

成就伟业者，不必有过人之聪慧，但必有过人之勤奋。古人说："勤能补拙是良训，一分辛苦一分才。"是的，没有人能依靠天赋成功。上帝给予了人天赋，勤奋将天赋变为天才。伟大的成功和辛勤的劳动是成正比的，有一分劳动就有一分收获，日积月累，从少到多，奇迹就可以创造出来。"不积跬步，无以至千里。"荀子说的这个道理，就是教人以勤奋向上。

先贤们说："一勤天下无难事。""勤"字为人生第一要义。天道酬勤，一个人不管他的资质如何，只要能勤奋、坚持不懈，才智自然就会一点一滴地积累下来。

6 呆笨的梁漱溟自学成才

人物小传

梁漱溟（1893—1988），生于北京的书香世家，著名的思想家、哲学家、教育家、社会活动家、爱国民主人士，著名的学者、国学大师。青年时代的梁漱溟与同时代的志士仁人一样，为民族独立、为国家富强积极追求探索。因为善于学习，虽然只有中学毕业文凭，却在全国最高学府北京大学教印度哲学。他一生主要研究人生问题和社会问题，现代新儒家的早期代表人物之一，有“中国最后一位儒家”之称。

成长故事

梁漱溟小的时候有点呆笨并且执拗。6岁时，还不会自己穿裤子，连裤带也经常是妹妹帮他系。有一天早晨，母亲迟迟不见梁漱溟跨出房门，眼见太阳都升得老高了，家里要吃早饭了，就喊梁漱溟：“为什么还不起床？”谁知梁漱溟在自己的房间里理直气壮地回答道：“妹妹不给我系裤带！”一句话惹得全家哄堂大笑。

梁漱溟不但有些呆笨，而且遇到什么事还特别执拗。有一大，他把自己积蓄的一小串钱拿到屋外玩耍，玩了一会，他把那串铜钱挂在树枝上又去玩别的了，玩着玩着就把铜钱的事忘记了，等到自己想起铜钱的时候，怎么找也找不到了。于是他就回到家里和家人大吵大闹，硬说是别人给拿去了，而且一整天都没让家人消停，一直在吵闹。直到第二天，他的父亲打扫庭院时，见铜钱挂在树上，知道是儿子自己忘了。父亲便写了张纸条

睿智箴言

我愿终身为华夏民族社会尽力，并愿使自己成为社会所永久信赖的一个人。（梁漱溟）

提醒他，他才找到。

梁漱溟天资平平，先后换了四所小学，又有家庭教师辅导学习，但读小学时课业成绩一直在中等以下。就是这样有点呆笨和执拗的梁漱溟，中学毕业后投身了革命活动，并坚持自学，直至95岁高龄辞世。近90年间，梁漱溟一直以书籍为友，以报刊为伴，特别是在奠定其学问基础的青少年时期，梁漱溟更是孜孜不倦地自学，无一日间断。当时，他读书看报已经成瘾，以至于“每日不看报，则无异于未曾吃饭喝水”。

梁漱溟凭借自学而成为著名的思想家、哲学家、教育家、社会活动家、著名学者、国学大师和现代新儒家的早期代表人物之一，在哲学、佛学、政治学、经济学诸多领域皆有建树。

男孩当自强

天资聪颖，入北大、清华等名校深造，受名师指点数载的莘莘学子不知有多少，但能够成为大师者，却不是很多。而天资平平、只受过初中教育的梁漱溟竟能成为出乎百家的一代宗师，这不能不说是个奇迹。这个奇迹从何而来?

梁漱溟在他的自传中对自己的成绩评价时说：“所有今日的我，皆由自学得来。”对于自己的自学成才，梁漱溟在他的《我的自学小史》中谈了许多感想，他说：“像我这样，以一个中学生而后来任大学讲席者，固然多半出于自学。”呆笨、成绩平平的梁漱溟就是凭着自己执着地学习才成为大师的。

执着地学习，这才是所有聪明或者愚笨的人有所成就的真正秘诀。一个人的聪明与否与人生所取得的成就、与成才与否不成正比，相反，勤奋却在一个人成才的过程中起着重要作用，成才离不开勤奋，没有勤奋，再聪明的人想成才也是不可能的。其实许多有大成绩的人，年幼时在某些方面常常较常人略显愚笨，表现出大智若愚的样子。所以，常被人冠以”愚笨””不聪明”之类的帽子，但是，后来他们经过勤奋学习却成就了自己人生。

“天生愚笨，根本就不是读书学习的料！”现实生活中，总有一些人给自己下这样的定义，实际上这是给自己不想学习不想进步不想成才找借口，世上没有愚笨的人，只有不勤奋努力的人。常言说：“一分耕耘，一分收获。”有了辛勤的劳动，我们才会有成果，不劳而获的事情是不存在的。大科学家爱因斯坦曾经说过：“在天才和勤奋之间我毫不迟疑地选择勤奋”。也正因为勤奋，爱因斯坦才成为前无古人的大科学家。

7 尽全力的约翰森

人物小传

约翰·H. 约翰森（1918— ），出生于美国阿肯色州的密西西比河畔的一个黑人家庭，美国《黑人文摘》杂志创始人、约翰森出版社总裁，并拥有三家无线电台。

成长故事

1918年，一个小男孩出生在美国阿肯色州的密西西比河畔的一个黑人家庭。9岁的时候，密西西比河发大水，他差点被洪水冲走；14岁的时候，因为家乡的学校不收黑人孩子，加之家中贫困，他只好辍学。可男孩的母亲不甘心让他就这样离开学校，于是没日没夜地拼命干活，终于攒够了男孩去外地读书的钱，母亲带着他来到陌生的城市。男孩有机会继续读书并顺利地考上大学。

24岁的时候，男孩创办了一份杂志，为了支持他把杂志办好，母亲甚至把家里的家具都贡献了出来。两年后，男孩的杂志成功了，男孩踌躇满志，母亲也为他激动。可是没过几年，男孩的杂志遇到了经营困难，虽然他很努力，但却看不到希望。他对母亲说："这次我可能真的做不好了。"母亲听了问他："你是否努力了？"他说："是的。"母亲又问他："你是否尽了全力了？"他想了想回答道："应该是的！"

"那就行了，"母亲语气十分坚定地告诉他，"只要你尽了最大的努力，就一定能成功！"果然，经过不懈地努力和奋斗，男孩最终走出困境，获得了成功。他就是美国《黑人文摘》的创办人、约翰森出版公司的总裁约翰·H. 约翰森。

男孩当自强

人生中的许多事情往往如此：尽力和尽全力是不一样的，尽力不一定能成功，尽全力才有希望。1966年的一天，在美国西雅图的一所教堂里，牧师向全班同学郑重其事地承诺：谁要是能在一周之内把《圣经·马太福音》中第五章到第七章的全部内容背下来，他就邀请谁去西雅图最好的高塔餐厅参加免费聚餐会。

> **睿智箴言**
>
> 命运全在搏击，奋斗就是希望。失败永远只有一种原因，那就是放弃努力。（约翰·H.约翰森）

同学们跃跃欲试，都想去参加免费聚餐会，可是《圣经·马太福音》中第五章到第七章的全部内容有几万字，而且生涩难懂，要背诵下来很难。很快大家都望而却步了。一周的时间过去了，当牧师又问起这件事时，一个11岁的小男孩站了出来，他声情并茂，从头到尾一字不落地按要求把那些内容背了下来。牧师简直惊呆了：这么多年，没有人能够把这么大篇幅的内容背诵下来，而且一点不差，他赞叹男孩惊人的记忆力，不禁好奇地问男孩："你是怎么背下这么长的内容的？"男孩不假思索地回答道："我是尽全力了。"这个男孩后来成了世界著名微软公司的老板，他就是比尔·盖茨。

尽力和尽全力所用力量的程度的区分是很大的，尽力是尽了自己的力量，是我努力了，我做了，"我尽力了"更多的时候是一些人做事不负责任、敷衍了事的托词，更是一些人为失败寻找的借口；尽全力是一种积极向上、主动进取、永不言败、永不放弃的精神，尽全力则是竭尽了自己所有的力量。尽力与尽全力的结果会是天壤之别，能不能尽全力，决定了我们的成败。

所以，一个人要想成就一件事、要想出类拔萃、要想创造奇迹，尽力而为是不够的，必须不顾一切、竭尽全力去做才行。

8 托斯卡尼尼挑战机遇

人物小传

托斯卡尼尼（1867—1957），出生在意大利的帕尔玛一个清贫的裁缝家庭。意大利指挥家、大提琴家。他从小在贫困艰难的环境中长大，音乐禀赋卓异。9岁进入帕尔玛音乐学院，靠着奖学金读完了长达九年的课程。他以优异的成绩从音乐学院毕业后，第二年便被一家乐团聘为大提琴手。20世纪世界最有才华和要求最严格的音乐指挥之一。他的指挥风格严谨、质朴、精确而充满激情。

成长故事

1867年3月25日，在意大利一座小城的一个裁缝家里，一个男孩呱呱坠地了。在这个普通人的家庭里，谁也没有想到，多年后，这个男孩创造了奇迹。男孩天生对音乐就很敏感，9岁的时候，他便考入了帕尔玛音乐学院，19岁的时候，他从音乐学院毕业，成为意大利歌剧团的一名大提琴演奏员。他喜欢当演奏员，但是，他更喜欢当一名乐队的指挥。所以，每次演奏排练时，每一场演出时，除了演奏好自己的大提琴外，他都暗暗关注乐队指挥的一举一动一招一式，把指挥的招式都牢牢地记在自己的心里。为了有机会上台指挥，他把许多乐谱都细心地牢记在自己的脑海中。他梦想着自己有机会能够上台前当一名指挥家。

20岁的时候，他随乐团赴南美做巡回演出。在最重要的一站，巴西的里约热内卢，剧院里面坐满了热情的观众，演奏员们也一一就位，演出就要开始了。可此时，乐团的指挥家却出了问题，他辞职不干了，当乐团让替补指挥执棒时，观众十分不满，愣是把替补指挥从舞台上赶了下去。演出进行不下去了，观众很不满意，就在观众乱哄哄、乐队的领队急得团团转时，他放下大提琴，毫不犹豫地从乐队里冲上了指挥台，拿起指挥棒，连乐谱都没有看上一眼，便信心十足地开始指挥乐队演奏。观众们震惊了，静下来观看他的指挥，演奏员也非常吃惊，积极配合他的指挥。他凭着自己的记忆，成功地指挥了整场演出。

> **睿智箴言**
>
> 对于我，总是第一次。（托斯卡尼尼）

从此，这位年轻人便成为这次巡回演出的常任指挥。他凭借着记忆指挥了余下来的十一部歌剧的26场演出，他的名字也由此深深地印在了人们的脑海中，他就是阿图罗·托斯卡尼尼！

此后，托斯卡尼尼成为真正的指挥家。在将近70年的指挥生涯中，托斯卡尼尼指挥演出过100多部歌剧和无以数计的管弦乐曲，演出曲目极为广泛，受到观众的极大欢迎。托斯卡尼尼成为20世纪最伟大的指挥家、音乐大师。在世界音乐史上有着不可低估的功绩，他的指挥艺术在世界乐坛影响极大，到20世纪60年代为止，一直占有绝对的统治地位。

男孩当自强

正是因为有了先前的“牢牢地把指挥的一招一式记在的心里，把许多乐谱都细心地牢记在自己的脑海中”，托斯卡尼尼才能在机会来临时毫不犹豫地冲上去，抓住了展示自己的机会。托斯卡尼尼的成功告诉我们：做好准备，机会就在某一处等着我们。

在我们的生活实践中，无论是“自然而然”的行为或者是“出乎意料”的行为，还是精心设计的行为，都体现出同一个道理：机会是留给有准备的人。“机会是给有准备的人的”，这是一句被嚼烂了的话，是人尽皆知的话。事实上，很多机会都是自己给予自己的，不是别人给的。做好了准备，机会就在某一处等着我们。现实生活中，有些人总是坐着等机遇，躺着喊机遇，睡着梦机遇，做“守株待兔”的人。殊不知如果这样，机遇就会像漫天星斗，可望而不可及，即使机遇真的来到身边，这样的人也发现不了，更不用说去捕捉和利用了。当机遇来临时，有的人视而不见，那就等于失去了机会。所谓错过机会，就是在机会来临之前没有做好准备。做好准备，机会就在某一处等着我们。

机会总是留给有准备的人是一个必然规律，这一必然规律体现了“必然”与“偶然”的内在联系，机会是“偶然”，有准备是“必然”，有准备才有机会，没有准备就没有机会，既有准备又遇到了机会，机会也就“必然”给了我们。这些道理很多人都懂，但是，有的人就是不去做准备，当机会来临没有给他时，他则抱怨世之不公，这样的人永远不会得到机会的。

四、男孩自强，要守护自己的天性

天性就是我们的神，守住我们的天性，它会为我们的人生成功增光添彩。

1 常提怪问题的欧拉

人物小传

莱昂哈德·欧拉（1707—1783），出生于瑞士，是一位数学神童。世界著名的数学家和物理学家。被一些史学者称为历史上最伟大的两位数学家之一（另一位是卡尔·弗里德里克·高斯）。他是有史以来遗产最多的数学家，他的全集共计75卷。他支配了18世纪的数学。

成长故事

1715年的一天，在瑞士的一所教会学校里，一个老教师正闭着眼睛领着学生读课文，突然，一个8岁的孩子站了起来："老师，天上有多少颗星星？"这个大胆的学生又在课堂上打断老师讲课，提那些不着边际的奇怪问题，老师非常生气。"你不好好听课，脑子里都在想什么，问这个干吗？""我就是想知道。"老教师本是个神学信徒，天上究竟有多少颗星星，神学书上没有说过，所以他不知道。但是，这孩子的问题他又不能不回答，于是，就不懂装懂地回答说："天上有多少颗星星，这无关紧要，你只要知道天上的星星是上帝镶嵌上去的就够了。"

老教师的话音刚落，这个孩子又接着问道："那么，老师，天那么大，又那么高，地上又没有梯子，上帝是怎么把星星一颗一颗镶嵌上去的呢？上帝把星星一颗一颗地放在天上，他怎么也没记一下数目呢？上帝是不是太粗心了？”

这一下老教师被彻底地问住了，涨红了脸，半天不知如何回答才好。心中顿时升起一股怒气：这个小孩子就知道向老师提怪问题，让老师下不了台，而且怀疑万能的上帝。这还得了，这个问题太严重了。因为怀疑上帝，这是不能容忍的，学校只好让爸爸把孩子领回家。这个孩子就是莱昂哈德·欧拉。

回到家后无事可做，欧拉就帮助爸爸放羊。他一边放羊，一边自学，他特别喜欢读数学书。他用自己学习的数学知识，帮助父亲节省了很多材料建造新羊圈。父亲看到小欧拉很聪明，善于动脑筋，感到让他放羊实在太可惜了。于是，父亲想办法让小欧拉认识了当时的一个大数学家。通过这位数学家的推荐，13岁的小欧拉成了巴塞尔大学的大学生。从此，欧拉走上了数学学习和研究之路，终于成为世界数学史上著名的数学家。

睿智箴言

因为宇宙的结构是最完善的，而且是最明智的上帝的创造，因此，如果在宇宙里没有某种极大的或极小的法则，那就根本不会发生任何事情。

（莱昂哈德·欧拉）

男孩当自强

正如古人所说：学起于思，思源于疑。关于思考，名人都有他们的体会。毛泽东曾说：“多想出智慧。”普通人与有大成就者在思维能力上的差距，从根本上说是没有多思造成的。著名作家萧伯纳说：“难得有人一年会思考两三次以上，我则因一星期思考一两次而驰名国际文坛。”德国著名心理学家勒尔先生指出：“脑子是取得思想成熟的根本，它也必须像肌肉一样进行锻炼。”

多思考、多提出质疑是探索新知识、发现新问题的开始。实际上提出一个问题比解决一个问题更重要。成长中的我们，从好奇产生好问，这样就能激发我们的求知欲，有利于培养我们勤于思考、敢于提问、善于提问的习惯。多动脑、勤思考是我们每个成长中的孩子应该具备的良好习惯。许多人把动脑思考称为“第一美德”。为什么要多动脑？一位科学家说过：“多动脑，勤思考，要搞科学离不了。”牛顿的“万有引力定律”也是他深入思考的结果。

从另一面说，问题是思维的起点，如果我们经常面对各种问题，大脑思维就会比较活跃。科学研究表明，人只要每天抽出10分钟时间锻炼脑子，几周内就能使智力有所增长。而不常用脑子的人，几天后思考能力就开始下降，3周后，他的智商会比平时有明显地降低。

作为渴望成才的我们，从小养成多动脑、勤思考的好习惯尤为重要。养成动脑思考的学习习惯，可以帮助我们加深对知识的理解和记忆，把零散的知识点联结成一个整体，从总体上把握知识结构，提高个人的学习能力，提高学习成绩，还可以不断地解开疑团，激发灵感，从而使我们发现一些新事物，发明一些新东西。

2 比尔·盖茨与众不同

人物小传

比尔·盖茨（1955— ），出生于美国西雅图一个律师家庭。13岁时开始了计算机编程，18岁考入哈佛大学，20岁时与人一起创建微软公司，大学三年级时退学，开始全力经营微软公司，曾任微软CEO和首席软件设计师。2012年美国富豪排行榜发布，比尔·盖茨第19次蝉联美国富翁榜首。

成长故事

比尔·盖茨从小就与众不同，他爱思考，一遇上他喜欢的事就全身心地投入进去。与一般男孩不同，小比尔·盖茨既不顽皮也不淘气，而是特别喜欢与外祖母一起做智力游戏。随着年龄的增长，家庭的环境已无法满足比尔·盖茨天赋的进一步发挥，父母把他送进学校。上小学时，班里要举办一次活动，让孩子们准备自己的发展报告。小比尔·盖茨准备的报告题目叫《为盖茨股份有限公司投资》。对这个异想天开的想法，父母不仅没有反对，全家人还齐上阵，帮助他做一些辅助工作，比如，做报告的封皮等，最终，他的报告受到老师的好评。

中学毕业后，当律师的父亲本来想让比尔·盖茨去读一所培养律师的学校，可比尔·盖茨坚持要到哈佛大学去读书，父母尊重他的选择，但还是让他在哈佛大学学习法律专业。可是比尔·盖茨对法律不感兴趣，在大学里还是一心研究他喜欢的计算机软件，大学的第二年，便和同学一起成立了微软公司，而且把他编辑的软件卖给了学校。父母见比尔·盖茨这样喜欢计算机，还做出了一些成绩，于是决定放弃让儿子当律师的想法，支

睿智箴言

成功开始于想法，但是，只有这样的想法，却没有付出行动，还是不可能成功的。（比尔·盖茨）

持他自由发展。之后不久，比尔·盖茨又要放弃学业，全力经营自己的计算机公司。离开令人向往的哈佛大学，放弃锦绣前程，放弃美好的未来，他的父母觉得儿子的与众不同有点出格了。但比尔·盖茨没有放弃，他一次又一次地与父母交谈，平静地表达了自己的想法。了解了儿子的秉性和志向的父母再一次同意了儿子的想法，或许儿子的天赋与计算机事业是最佳的切合点吧。比尔·盖茨又一次表现了他的与众不同，毅然决然地离开了哈佛大学，开始在软件领域大展宏图。终于成就了他的一番伟业。

男孩当自强

一个母亲带着小男孩到郊外去游玩，别的亲友家的孩子，有的爬山，有的游泳，唯独这个小男孩一人默默地坐在河边，凝视着湖面。这时，亲友们悄悄地走到他母亲的身边，不安地问道："您的孩子为什么总是一个人对着湖面发呆？是不是神经有毛病啊？还不趁早带他去医院检查检查？""我的孩子没有任何毛病，你们不了解，他不是发呆，而是在沉思。他将来一定是位了不起的大学教授。"母亲这样回答亲友的疑问。这个男孩长大后真的成为一名科学家。

美国石油大王洛克菲勒曾说："如果你想获得财富，那就选择一条新的道，千万不要在被别人踩烂了的路上继续寻找。只有与众不同，才能获取更多的财富。"成长中的我们也是一样，"千人一面""异口同声"，没有自己的独立见解，也不敢表达自己的心声，这样下去将来是没有出息的。做个有个性的人，将来才会与众不同。所以，坚守自己的独立个性很重要，因为独立的个性中包含着独立的性格，而成长中的我们，独立的个性才是成才的关键所在。成功者与平庸者最大的区别就是成功者永远拥有创新思维，永远都在寻找让自己与众不同的方法。任何一个人，只要能够尝试着从不同的角度思考问题、解决问题，那就是一种与众不同。有了这种精神，就会在未来的发展道路上所向披靡，一路前行。坚守个性，坚持与众不同，坚持自己的想法，独树一帜，这样我们才能不随波逐流，才能成为出类拔萃的优秀人才。

当然，让自己与众不同并不是让自己无原则无智慧地标新立异，与众不同更应该是经过反复思考之下的理智选择。

3 沃伦·巴菲特的天性

人物小传

沃伦·巴菲特（1930—　），生于美国内布拉斯加州的奥马哈市一个股票经纪人之家。全球著名的投资商。从小就极具投资意识，他钟情于股票和数字的程度远远超过了家族中的任何人。他满肚子都是挣钱的想法，5岁时就在家门口摆地摊兜售口香糖。在2008年的《福布斯》排行榜上财富超过比尔·盖茨，成为世界首富。

成长故事

沃伦·巴菲特出生的时候，父亲因为投资股票血本无归，所以家里的生活非常困难。看着父母每天为衣食犯愁，懂事的巴菲特产生了一个执着的愿

睿智箴言

你所找寻的出路就是，想出一个好方法，然后持之以恒，尽最大可能，直到把梦想变成现实。（沃伦·巴菲特）

望：他要成为一个非常非常富有的人，帮助父母改变家里的生活状况。

5岁那年，巴菲特在家外面的过道上摆了个小摊，向过往的人兜售口香糖。后来，他又到人多的繁华市区卖柠檬汁，把挣来的钱积攒起来。7岁的时候，巴菲特因病手术住医院。为了打发忍受病痛的难耐的时间，他拿着铅笔在纸上写下许多数字。护士问他写的是什么，他说这些数字代表着他未来的财产，将来自己会很富有。

9岁的时候，为了调查哪一种饮料的销售量最大，巴菲特到加油站的门口数着苏打水机器里出来的瓶盖数。他还到高尔夫球场当球童，每月能挣3美元的报酬。当球童时他捡旧高尔夫球，把它们按照牌子和价格整理出来，卖给邻居们。11岁那年，巴菲特被股票吸引，开始和做股票经纪人的父亲学习有关股票行情知识，并果断地投资了一只股票，获得具有历史意义的5美元的纯利。几年后，巴菲特成了小小的股票专家，就连老师也要请教他股票知识。

14岁时，巴菲特找到了一份送报的活，他制定了效率最高的送报路线，送报时兜售杂志，每月竟可挣175美元。16岁的时候，他靠送报纸积攒下来的钱，买了一块16公顷的土地。中学毕业后，巴菲特到沃顿商学院读大学，但巴菲特觉得教授们讲的知识不实用，所以他很少上课，更多的时间是自己读书和到股票交易所里研究股票。对股票和投资的执着追求和创造财富的欲望，使得巴菲特终于成为美国的亿万富翁。

男孩当自强

巴菲特5岁就开始做发财的梦，并付诸行动。少年时代，他的手里就有一本爱不释手的书——《赚到1000美元的1000招》，这本书用一些白手起家的故事来激发人们。巴菲特经常沉醉于创业成功者的故事里，想象着自己未来取得创业成就的情景：站在一座金山旁边，自己显得多么渺小。他牢记书中的教诲：开始，立即行动，不论选择什么，千万不要等待。巴菲特总在行动，不停地积累财富，终于成为投资大亨。巴菲特的父母没有过多地管束他的天性，而是随他而去，任其发展，这也为巴菲特后来成为投资大亨起到了很好的作用。

人是有天性的。简单地说，天性就是我们的兴趣和爱好。每个人从生下来的那一天起，都有属于自己的天性，有的孩子天性活泼开朗，有的孩子天性敏感脆弱，有的孩子内向胆小，有的孩子好奇心强，有的孩子天性好动，有的孩子天生喜好鼓捣一些小玩意，等等。

所谓天性，除了我们今天还无法了解、又一定存在的遗传因素，主要是小时候由家庭等外在条件影响形成的兴趣和爱好。这种天性人人都有，只是我们是不是注意挖掘、发现和培养而已。现实生活中，因为我们更多的是关注学习成绩，致使绝大多数人的天性都被扼杀了。如果我们的天性得到很好的开发，我们就会表现出超长的特质来。这会为我们的一生打下非常好的基础。

圣人孔子说：“知之者不如好知者，好知者不如乐知者。”这句话很有道理。他说明天性在人的学习生活中非常重要。因为爱好，我们才能更愿意舍得精力和时间去做，这也是我们做好人生中一切事情的基础。

4 乔布斯不愿重复别人的生活

人物小传

史蒂夫·乔布斯（1955—2011），出生在美国旧金山，发明家、企业家、美国苹果公司联合创办人、前行政总裁。他有着敏锐的触觉和过人的智慧，勇于变革，不断创新，引领全球资讯科技和电子产品的潮流，把电脑和电子产品变得简约化、平民化，让曾经是昂贵稀罕的电子产品变为现代人生活的一部分。深刻地改变了现代通信、娱乐乃至生活的方式。

成长故事

小时候的乔布斯聪明、顽皮，肆无忌惮地淘气，常常别出心裁地搞出一些令人啼笑皆非的恶作剧。他的家就住在美国著名的“硅谷”附近，邻居们都是惠普公司的职员，乔布斯经常和他们在一起玩耍，受他们的影响，乔布斯从小就迷上了电子学。一个惠普的工程师看他如此痴迷，就推荐他参加惠普公司的“发现者俱乐部”。在那里，乔布斯第一次见到了电脑，从此，他喜欢上了这个东西。

高中毕业后，17岁的乔布斯到波特兰大的里德学院读大学。可是，因为他的性情如野马一般桀骜不驯，根本不服从学校的管理，一年后，学校劝其退学。无事可做的乔布斯开始研究他的电子学。恰好这时，他的好朋友沃兹尼亚克设计制造了一种可供人打长途电话省钱的电子设备，20岁的乔布斯就帮忙做推销，这也使得乔布斯学会并积累了一些推销的经验。后来，沃兹尼亚克又组装了一台能显示彩色的微型电子计算机，但他把这个产品拿到几家大公司时，他们认为这东西没有前途。乔布斯就把这台微型电子计算机送到电子商店去“投石问路”，没想到展示不到两天的时间，竟得到一千多台的订单。这使得乔布斯看到产品展示的重要性。以后，他多次应用这个办法都获得了成功。就这样，乔布斯一直在自己喜好的电子领域里探索着，寻找获得更多成功的机会。

睿智箴言

你的时间有限，不要浪费于重复别人的生活。不要让别人的观点淹没了你内心的声音。（史蒂夫·乔布斯）

时间到了1976年，受到几次试水成功的鼓励，乔布斯拿出自己仅有的1000美元和卖掉自己的小汽车的钱作为启动资本，和沃兹尼亚克一起制造出第一批“电脑”，随后在自己的车库里办起了一个两人的公司——苹果电脑公司。在研究公司用什么做标志时，他们正在拿着苹果吃，于是灵机一动就用一个苹果做商标，苹果上被人咬了一口，表示“味道好极了”！从此，这个被人咬了一口的“苹果”就登上了IT界的历史舞台。

在乔布斯的带领下，今天的苹果公司已经成为世界上最大的IT科技企业之一。苹果公司生产的电脑、手机和掌上娱乐终端用品受到人们的热捧。

男孩当自强

“如果你可以当一个海盗，为何要加入海军？”乔布斯希望自己的员工具有“率性而为”的性格，他自己也是这种性格的人。“率性而为”是指循照自己的个性发展，做自己爱做的事，走自己愿意走的路。做“海盗”能够做得非常好，就不用到“海军”那里追求想要做的事。按照自己的性情行事，体现自己的真实性情。

率性而为，是不安于天命，刻苦用功；是不畏困难，努力进取；是无视那些不理解的目光，以自己最大的能力奋发向上。当然，率性而为，不是肆意妄为，不是懒惰无为，而是向着自己的理想，努力拼搏，无视那些挫折、困苦、失败，以自己最大的努力向理想前进；率性而为，也不是放任自己的过失，而是用于面对过去，面对失败，无视那些失败带来的自卑感，以自己最强的自信心迎接未来的挑战；率性而为，更不是一味的向往美好未来，而是做好迎接未来的各项准备；率性而为，不是自暴自弃，享受现在，而是充分利用时间，去学习，去提高，为自己的美好未来而努力。

率性而为的另一层意思就是不要让其他人的闲话动摇了我们的信念。一旦确立了自己的目标，就要一直走下去，如果自己觉得那就是自己想要的，就不要在乎别人的看法，努力达成自己的人生目标。每个人都是独一无二的，每个人都有自己独特的个性及潜能，率性而为的目的是更好地发挥我们的个性和特长，更好地展示我们自己独特的个性魅力。更好地展示个性、挖掘潜力和培养潜能，是让我们的个性和特长不受外界影响，让我们的人生目标更高，让我们的人生之路走得更远。

5 好奇的麦克劳德

人物小传

约翰·詹姆斯·理查德·麦克劳德（1876—1935），出生于英国一个牧师家庭，英国著名的解剖学家、医学家。1922年和别人一起发现了胰岛素，1923年获得诺贝尔生理学或医学奖。胰岛素的发现，为世界医学事业作出了突出的贡献。

成长故事

麦克劳德小时候好奇心就特别强，捣蛋、调皮，凡事总喜欢寻根究底，不找出答案不罢休，所以经常做一些让人意想不到的事情。

一天，读小学的麦克劳德在路边玩耍，他看到一只狗从身边跑过时，忽发奇想，要亲眼看看狗的内脏是什么样的，于是他便邀了几个小伙伴偷偷地套住那只狗，并把狗宰掉，将狗的内脏一一剥离出来，仔细地观察了好一阵。谁知，那只狗是学校校长家养的，当得知自己最喜爱的狗被以麦克劳德为首的几个孩子宰杀后十分恼火，校长决定一定要好好地惩罚他们。

校长把几个孩子找来，但他并没有和孩子们发火，而是仔细地寻问事情发生的原因，当他了解到是调皮的麦克劳德的主意时，对他进行了出人意料的惩罚，罚麦克劳德画一幅人体骨骼图和一幅血液循环图！深知育人之道的校长从“杀狗事件”中看到了麦克劳德对解剖学的浓厚兴趣。

麦克劳德知道自己闯了祸，决心认真地改正错误，因此，他四外查找资料，画得非常仔细。当他将精心完成的两幅图交给校长时，大度的校长

睿智箴言

感谢那次受罚事件，它让我体会到自己知识的缺乏，由此发奋学习，才有了今天的成功。（约翰·詹姆斯·理查德·麦克劳德）

对他大加赞许。此后，麦克劳德没有辜负校长的一片苦心，在好奇心的驱使下，他认真地学习，执着地追求，长大后成为了一位著名的解剖学家，他与另一位医生一起研究发现了当时被认为无药可医的治疗糖尿病的胰岛素，并因此获得了1923年的诺贝尔生理学与医学奖。麦克劳德成为大名鼎鼎的解剖学家。许多年之后，校长将他保存的那两幅图捐献给了一家博物馆，因为那时麦克劳德为这个国家更为他读书的那所小学校带来了巨大的荣耀。

男孩当自强

因为好奇，麦克劳德为自己开启了一扇走向人生更高处的大门。任何一个孩子的心都是好奇的，都会因为好奇而冲动，进而产生一些在成人看来是捣蛋、调皮的行动。这种冲动带来的行动可以受外界的激励和引导，也可能被外界的力量扼杀。

一个小男孩非常喜欢观察各种虫子，经常偷偷地把各种各样的虫子拿到自己的屋里来，但每次爸爸妈妈发现后都要骂他一顿。也多次因为他在野外观察虫子而被爸爸妈妈责罚。一次，他看到一个虫子把蜗牛吃掉，他觉得很奇怪，便把这个虫子放进一个瓶子里拿到家中，并兴奋地告诉爸爸，他发现了一种能吃掉蜗牛的虫子。爸爸见他又把虫子拿到家里来，夺过他手里的瓶子，扔到屋外。爸爸告诉他，再发现他玩虫子，把虫子拿回家就要狠揍他一顿。从此，小男孩不敢再玩虫子了。一个老师知道了这件事，很惋惜地说：小男孩的爸爸很可能让一个未来的昆虫学家消失了。

从天性来说，成长中的我们生来就是探索者，我们有着强烈的探究和学习欲望，好奇心驱使我们一次又一次地尝试，不怕困难、不怕失败，直到了解掌握为止。正像孩子学走路，绝不因畏惧摔跤而放弃。从这一点来看，我们要比很多成年人面对困难时的态度要强得多。我们往往喜欢自己动手做事，在做的过程中寻找答案，并把新的信息储藏在大脑中。这些信息储存得越多，我们将来的智力水平就会越高，学习新的技能就会越快。好奇心是我们敢于探索新知，敢于创新的动力。创造精神就像是一对巨大的翅膀，能带着我们在知识的天空里展翅高飞。好奇心能够激发我们的学习欲望和热情。善待我们的好奇心，就是善待我们人生发展的未来。

6 李安因兴趣换来勋章

人物小传

李安（1954— ），出生于中国台湾一个书香门第的家庭，享誉世界影坛的著名导演。曾担任第66届威尼斯国际电影节评委会主席。2006年凭借电影《断背山》荣获第78届奥斯卡金像奖最佳导演奖，也是目前唯一获此殊荣的华人导演。李安为华人影坛作出了极大的贡献，架起了东西方文化的沟通桥梁。

成长故事

虽然父亲是学校的校长，教子极为严格，但是李安却不太喜欢学习，从小就迷恋电影。读小学三年级的时候，学校组织文艺活动，李安就自告奋勇地组织一场话剧。他自编自导，和同学一起表演，自己还反串女生。这场话剧演得很成功，以后，学校的文艺活动，李安就成了班级的主角。可他的这些天赋在那个万般皆下品、唯有读书高的年代显得不值一提。老师和父母看重的只是学生的功课，李安因学习成绩不好，父母老师都不喜欢他。他的父母甚至担忧他将来如何在这个世界上立足，怎样生活。

成绩不好也使李安的自尊心受到严重打击，在学校他不敢抬头走路，见人不敢说话，还脸红。久而久之，他成了一位驼背又害羞的少年。为了把成绩搞上去，他找名师帮助补习，自己也很努力学习，但成绩还是不见起色。两次高考落榜，他的人生步入了低谷，在十字路口上徘徊。他希望能走自己的路，于是，他鼓起勇气找到父亲，说自己想读艺术专科，想当导演！父亲也担心再考再落榜，会给他更大的打击，也只好同意了他的想法，于是李安得以进了他喜欢的艺专影剧科。

李安的灵魂第一次真正获得了大解放，那时才发现，原来人生可以不都是读书与升学，他在舞台上找到了真正的自己。在这里，他如鱼得水，再也不是不敢抬头不敢说话的少年了，他学芭蕾、写小说、练声乐，通过各方面的尝试后，他认为自己最适合在电影领域发展。后来，李安又出国留学，专攻电影方面的知识。

睿智箴言

人生可以不是千篇一律的读书与升学，在舞台上我找到了真正的自己。（李安）

可人生的道路并不是平坦的，从学校出来后，李安没钱更没有人用他拍电影，晃晃荡荡地6年没事可做，他的人生再次跌入低谷。赋闲在家，靠妻子微薄的薪水度日的李安一直没有放弃自己的理想，认准的路，再艰难也要一直前行。除了偶尔帮人家拍拍小片子、看看器材、做点剪辑助理、剧务之类的杂事，他每天大量地阅读、大量地看片、埋头写剧本，仔细地研究好莱坞电影的技巧。终于，李安有机会完成了剧本《推手》，该剧本不仅为李安赢得了40万美元奖金，而且使他获得第一次独立执导影片的机会。此后的李安一发不可收拾，斐声国际影坛，多次获得世界电影大奖，迎来了他的人生中事业的辉煌。

男孩当自强

一个少年问一个亿万富翁：“你是怎样成为亿万富翁的？”“一元钱一元钱地挣呗，当你重复一亿次时，就自然而然地成为亿万富翁了。”富翁回答道。“挣一元钱并不难，可是怎样坚持一亿次呢？”少年接着问道。“你可以不去想一亿次，想得太多反而会增加你的心理压力，让你觉得挣一元钱也是那样遥不可及。你挣钱的时候只想着这是唯一的一次。既然是唯一的一次，你就一定要把它挣来。挣来这一元钱之后，再去挣下一个一元钱，如此反复。“时间一长，你会发现，自己拥有的财富是许多个‘一元’，你会从自己过去的成绩中得到信心，那时候你的财富就不是一元一元地增加，而是一万一万地增加，甚至是百万百万地增加。”富翁形象地说明了坚持的力量。

确定一个正确的目标并坚持到底，这个坚持就是胜利。著名词人辛弃疾有：“男儿到死心如铁，看试手，补天裂。”表达了男儿坚持到底不回头的决心。坚持是对信念的守望，宋朝诗人王令有：“子规夜半犹啼血，不信东风唤不回。”胜利没有捷径，唯有不懈地坚持。“放弃是悲观者的墓志铭，坚持是胜利者的勇气勋章！”唯有坚持能给命运以挑战，给生命以惊奇。

命运多舛，人生多难，自古如此。生命中有不能承受之重，亦有不愿承受之轻。无论轻重，唯有坚持，我们才会变得坚强；也唯有坚持，我们才会在苦难中昂起高贵的头颅，骄傲地活下去。相信“天道酬勤”，相信“坚持是胜利者的勇气勋章”！

7 达尔文坚守兴趣

人物小传

查尔斯·罗伯特·达尔文（1809—1882），出生于英国的一个医生家庭，英国生物学家，进化论的奠基人。曾乘贝格尔号舰作了历时5年的环球航行，对动植物和地质结构等进行了大量的观察和采集。出版了《物种起源》这一划时代的著作，提出了生物进化论学说，从而摧毁了各种唯心的神造论和物种不变论。

成长故事

达尔文的祖父和父亲都是当地的名医，父亲也希望达尔文将来继承祖业，成为一名医生。上小学时的达尔文成绩很一般，他整天只顾着玩，父亲的朋友们都认为他不务正业，将来不会有出息。父亲更是气愤地对他说：“家人的脸都被你丢光了！”但达尔文不在意这些，一有机会就到大自然中去玩耍。

16岁的时候，父亲认为达尔文如果继续玩下去不会有什么出息，于是强行送他到大学学医。但达尔文不喜欢医学，他更热爱大自然，尤其喜欢打猎、采集矿物和动植物标本。上大学后，他仍然经常到野外采集动植物标本。父亲对达尔文的不争气非常恼火，甚至气急败坏地训斥儿子说：“游手好闲、不务正业，除了打猎、训狗和捉老鼠，你不关心任何事情。你将来肯定会丢自己的脸，也丢尽全家的脸。”一怒之下，父亲又让他改学神学，虽然不能继承祖业，但也希望他将来成为一个“尊贵的牧师”，自己在人前也好有个面子。

达尔文对神学更是厌烦，他仍然把大部分时间用在听自然科学讲座上，并自学了大量的自然科学书籍。大学毕业后，达尔文放弃了待遇丰厚的牧师职业，依然热衷于自然科学研究。父亲认为自己对达尔文的教育很失败。22岁的时候，达尔文以博物学家的身份申请乘英国的军舰做自费的环球旅行，进行科学考察，可父亲坚决拒绝为其提供资助。经过多方努力，他才得以成行。经过了历时五年的环球考察，受到了无数的艰难困苦，达尔文采集了大量的动植物标本，积累了无数的资料。回来后，又经过20多年的研究，写成了科学巨著《物种起源》。《物种起源》的出版，在欧洲乃至整个世界都引起轰动，由此，达尔文创立了“进化论”学说，成为世界历史上最伟大的科学家之一。

睿智箴言

我之所以能在科学上成功，最重要的一点就是对科学的热爱，坚持长期探索。（查尔斯·罗伯特·达尔文）

男孩当自强

日本教育家木村久一说：“天才，就是强烈的兴趣和顽强的入迷。”兴趣是学习和做事情的动力。有了学习兴趣，就能产生积极的学习情趣，学习才是主动的，积极的；有了做事情的兴趣，喜欢做，就能主动去做，就能投入全部精力，做事情才能是自学的，热烈的。兴趣是人生成事的法宝，兴趣是攻破堡垒的武器。

探索兴趣是我们获取知识的重要条件，也是我们进行创造性活动的推动力。我们对某种事物或现象产生了兴趣，就会对它向往，促使我们去接触它、了解它，对其进行观察和思考，将来才有可能在这一领域作出突出的贡献。

我们都知道“兴趣是最好的老师”这句话的正确性，但是，对于成长中的我们，做自己感兴趣的事情不一定就能有所成就。这是因为，感兴趣的事情有的时候并不是好事情。比如，我们整天泡在网络游戏中，就不可能把自己打造成比尔·盖茨。所以，我们对兴趣的选择也很重要，这个兴趣必须是正确的有益的兴趣，必须是有益于我们个人事业发展的兴趣。

更重要的是，所有成就伟大事业的人，都能在艰难困苦甚至绝望中坚忍不拔地坚守自己的兴趣爱好。但凡做出大事业的人，也许刚开始是出于爱好和兴趣，自觉自愿地去做了，但到后来自觉自愿已经退到其次，坚忍不拔的勇气和意志变得越来越重要。

所以，坚守自己的兴趣，不要轻易改变和放弃，关键的一点是要意志坚定，矢志不渝，终身追求。不因遇到困难矛盾，没见成效而却步，打退堂鼓；不因别人追求的事业取得成效，而见异思迁，改变自己的初衷；不因受到讥讽嘲笑就放弃。

有人说：“人生就是为了梦想和兴趣而展开的表演。”的确，我们的人生就像是一部内燃机，兴趣就如燃料，有了燃料，内燃机就可以不间断地运作。所以，我们要善于发掘兴趣。只要我们不畏艰险，不怕辛苦，不怕困难，不怕失败，怀着一颗探索的心，朝着我们自己感兴趣的目标前进，我们就可以表演出精彩的人生。

8 被学校踢皮球的朱德庸

人物小传

朱德庸（1960— ），出生于台北，台湾著名漫画家，其漫画专栏在台湾有十多年的连载历史，其中《醋溜族》专栏连载十年，创下了台湾漫画连载时间之最。其漫画作品《双响炮》、《涩女郎》、《醋溜族》等在青少年中影响极大，拥有大批的忠实读者。

成长故事

朱德庸从小就喜欢画画，可是他的学习却是一团糟。读中学的时候，他完全没有办法接受刻板的“填鸭式”教育方式，学不好那些什么国文什么理化，老师和同学都认为他是一个“差生”。父母为此伤透了脑筋，也吃了很多苦头，他们经常被老师叫到学校，听老师训话，还时常要带着小德庸到各个学校去看人家的脸色，求人家收留这个学生。这个学校不行，父母就领着他换一个学校，换一个学校不要他，就再换一个学校，他就像个皮球一样被那些学校踢来踢去，就连最差的学校也不愿意招收他。

一开始，他也像老师和同学们一样认为自己非常笨。十几岁以后他才明白，自己不是笨，是有学习障碍。他发现自己天生对文字反应迟钝，对文字类的东西接受起来很困难。那时候，因为学习障碍，他自闭、自卑，心里很痛苦，外面的世界他没法待下去，唯一的办法就是回到自己的世界，只有画画时他才觉得自己很快乐。在学校里受了老师的刺击，他敢怒不敢言；但一回到家，他就画刺击他的老师，狠狠地画，让那个老师死得非常惨，然后他的心情就会变好了。画画是唯一能让朱德庸感到身心放

睿智箴言

我的求学过程非常悲惨！学习障碍、自闭、自卑，只有画画使我快乐。（朱德庸）

松的事情。

幸运的是，父母没有给朱德庸学习上施加压力，他喜欢画画，就任由他发展。父亲还经常帮助他裁好白纸，整整齐齐地订起来，给他做画本用。这给了朱德庸心理上很大的支持，也使他终于获得了成功。25岁的时候，朱德庸的漫画红透了台湾，成为著名的漫画作家。

男孩当自强

天赋是什么？天赋就是天分，是一个人成长之前就已经具备的成长特性。是一个人针对特别的东西或领域的特殊的天生的能力，这种能力可以在同样经验或者同样教育的情况下，以比其他人更快的速度成长起来，而且有具独一性和特殊性。

关于天赋，朱德庸有非常精彩的见解："我相信，人和动物是一样的，每个人都有自己的天赋，比如，狮子有锋利的牙齿，兔子有高超的奔跑、弹跳力，所以它们能在大自然中生存下来。人也是一样，不过是很多人在成长过程中把自己的天赋忘了，就像有的人被迫当了医生，而他可能是怕血的，那他不会快乐。人们都希望成为老虎，而这其中有很多只能是兔子，久而久之，就成了四不像。我们为什么放着很优秀的兔子不当，而一定要当很烂的老虎呢？社会就是很奇怪，本来兔子有兔子的本能，狮子有狮子的本能，但是社会强迫所有的人都去做狮子，结果出来一批烂狮子。我还好，天赋或者说本能，没有被掐死。"

有人说"天赋是魂，抓住他就是神"，是的，每个人都有天赋，找到自己的天赋所在，并发挥自己的天赋，是许多成功人士成功的秘诀。只要掌握住自己的天赋，我们就能成为某一个领域的神。当然，有天赋也好，没天赋也罢，对于所有人来说，不努力不付出都是不会有所成就的。正如人们所说：“命运掌握在自己手里！”

每个人都有各自的天赋，即使是智商很低的人也有自己的天赋。“上帝赐予我们每个人不同的天赋，为了造福别人，我们必须好好地发挥上帝赐予我们的天赋。”找到自己的天赋所在，并发挥自己的天赋，我们的人生一定会更精彩。当然，如果上帝没赐予我们天赋也不必纠结，我们天生没有艺术细胞，我们不去当画家，还可以做好其他的事情。

9 执着于数学研究的华罗庚

人物小传

华罗庚（1910—1985），出生于中国江苏金坛县一个小商人家庭，世界著名的数学家、国际数学大师。国际上以华氏命名的数学科研成果就有“华氏定理”“怀依—华不等式”“华氏不等式”等。华罗庚十分注意数学方法在工农业生产中的直接应用，他经常深入工厂进行指导，进行数学应用普及工作，并编写了科普读物。

成长故事

华罗庚6岁时上了本镇的小学，12岁入县立初中。因为贪玩，常常逃学去看社戏，所以华罗庚的数学成绩一般，甚至还得过“不合格”。数学成绩不好引起了华罗庚的警觉，他暗下决心，一定要赶上去。于是，一有空他就抱着数学课本看，寻找数学题来做，渐渐地他对数学产生了兴趣。初中毕业后，因家境贫寒，华罗庚失学在家，帮父亲经营杂货店，边干活、记账，边继续钻研他喜欢的数学。

那时华罗庚站在柜台前，顾客来了就帮助父亲做生意、打算盘、记账，顾客一走就又埋头看书演算起数学题来。有时入了迷，竟忘了接待顾客，甚至把算题结果当做顾客应付的货款，使顾客吓一跳。因为经常发生类似的莫名其妙的事情，时间久了，街坊邻居都传为笑谈，大家给他起了个绰号，叫“罗呆子”。

没有演算习题的纸，华罗庚常常用包棉花的纸解答数学题。一天，爸爸让他去把内屋打扫一下，打扫回来到柜台一看，发现自己刚才用于演算的纸没有了，他急得哭了起来。爸爸左找右找，忽然，他指着远处一个人的背影告诉他，那张纸用于包棉花了。华罗庚听罢，赶紧拿了一张没写过字的包装纸追出去，说明情况，把那张包装纸换了下来。晚上，店关门了，他就自学到深夜。父亲见他不把心思花在买卖上，不干正事，又气又急，说他念“天书”念呆了，要强行把书烧掉。争执发生时，华罗庚总是死死地抱着书不放。

睿智箴言

在寻求真理的长征中，唯有学习，不断地学习，勤奋地学习，有创造性地学习，才能越重山，跨峻岭。（华罗庚）

19岁时，华罗庚看一本数学杂志，发现一篇数学论文有错误，他写出批评论文，寄给了上海《科学》杂志，不久登了出来。这篇文章改变了他的人生道路，他被邀请到清华大学工作和学习，使他迈向数学殿堂。华罗庚成为世界著名的数学家、国际数学大师，被列为美国芝加哥科学技术博物馆中当今世界88位数学伟人之一，他更为中国数学的发展作出了无与伦比的贡献。

男孩当自强

人生在世，总要有所追求。正如有人形容的那样："水渴望成为波浪，土渴望垒成大山，树渴望自己参天，人渴望成功，这也是理所当然。"追求，就是用行动去获得我们想要的东西。列夫·托尔斯泰曾说过："人生就是追求幸福，人企求什么，就得到什么。"人生需要追求，每个人的不同追求产生不同的结果。追求美好，收获美好；追求理想，收获理想。人生的真谛在于不断地追求，人生就要与追求同步，但是追求需要执着，没有执着的精神，追求就不可能成功。

执着，是一个人迈向成功之路的必备素质。英特尔公司的老掌门人葛鲁夫曾有一句耸人听闻的名言："只有偏执狂才能成功。"一个人活着，不管是工作还是学习，没有积极向上、执着追求的精神，就永远不会有强大的动力，更不会有骄人的成绩。华罗庚因为执着于他的数学研究，父亲说他不干正事，把书念呆了，旁人说他是"呆子"，也正是华罗庚偏执的追求才使他获得了成功。"有志者，事竟成。"伟大、崇高的追求目标能促使人们努力拼搏，越过艰难险阻，最终尝到胜利的果实。

当然，正如华罗庚因没钱受高等教育、没钱买演算用纸、没有学习条件，只能一边工作一边做研究，就这样，父亲还经常阻止他，旁人也嘲笑他……如华罗庚一样，在追求目标的过程中，我们会遇到各种各样的困难和挫折，我们也许会无数次的被挫折困难和失败所击倒，也许会受到歧视嘲笑和凌辱。但是，只要我们不断地执着地追求，面对逆境，有一个良好的精神状态，我们就能从逆境中奋起。

10 查尔斯·舒尔茨的天赋是魂

人物小传

查尔斯·舒尔茨（1922—2000），出生于美国明尼苏达州一个普通的家庭，1950年开始创作史努比系列漫画，五十年来，他创作的史努比、查理·布朗等故事人物的触角，已延伸至全球75个国家，通过21种翻译本刊登在2600家报纸上，以及3亿本漫画和50部卡通，每天陪伴几亿读者一同欢笑。

成长故事

史努比系列漫画的创作者查尔斯·舒尔茨是世界级的伟大的漫画家。可是，他年少时的经历却实在太糟了。小时候，所有认识他的人，都认为他是一个智力低下的孩子。上学后学习成绩更是提不得，英文读不好，数学学不会。虽然他也很努力，但成绩一直不见起色。八年级时，他的数学、英文不及格，物理更是考了个位数。同学和老师都不喜欢他，不但在班级里没人和他说话，就连在路上遇到了，都没有人和他打招呼。他喜欢打棒球，当他设法进了学校的棒球队后，球队却输掉了当年最重要的一次棒球比赛，他感到自己的学习生活实在是太凄惨了。

幸亏他有绘画的天赋，从小酷爱绘画的他，每每遇到挫败或者不愉快的时候，就拿起画笔画自己喜欢的漫画聊以自慰，也只有在绘画时，他才能找到心灵的快乐。他觉得自己将来在绘画艺术上能有所成就。可就在他觉得自己的漫画画得不错，并把自己的漫画提供给学校的《年鉴》编辑时，却遭到了编辑的无情拒绝。尽管受到打击，但他一刻也没有停下自己的画笔。中学毕业后，他拿着自己的漫画到迪士尼工作室，想找一份适合自己的工作，那里的人虽然非常欣赏他的作品，并当即聘用了他，可不久又拒绝了他。

失败一个接着一个，但查尔斯·舒尔茨没有后退没有放弃，他依然孤独地坚守着自己的绘画天赋。他决定用卡通漫画的方式来记述自己的人生遭遇，让人们认识一个在所有人眼中的失败者和一无所成的人。

> **睿智箴言**
>
> 只要你的工作能给某个地方的某个人带来一定的欢乐，你就不用在乎你能有什么名份或你的作品出现在什么地方了。（查尔斯·舒尔茨）

28岁的时候，他开始创作史努比系列漫画，这部漫画终于得到人们的认可。从此，史努比系列漫画风靡世界，查尔斯·舒尔茨也成为史努比永远的父亲。此后50年，他一直坚守自己的那份天赋，进行史努比系列漫画的创作。他的作品被翻译成20多个译本，被拍成动画片、被刊载在报纸、杂志上，每天陪伴上亿的读者一同欢笑。他也因此两度获得漫画艺术最高殊荣“鲁本奖”，还多次登上《福布斯》杂志年收入最高艺人排行榜，成为历史上最富有的漫画家。

男孩当自强

所谓天赋就是指上天赋予我们的才能，天赋就是天分，是一个人成长之前就已经具备的某种成长特性。针对一些特别的东西或特殊领域具备天生执念，进而使其可以在同样经验甚至没有经验的情况下，以明显优先于其他人的速度成长起来，而且有它的独一性，特殊性。有人说“天赋是魂，抓住他就是神”。每个人都有各自的天赋，找到自己的天赋所在，并顽强不懈地坚守自己的天赋，我们就能成为某一个领域的神。

现实生活中，绝大多数的人通常都和查尔斯·舒尔茨一样，没有机会也没有舞台去展现天赋。这时候绝大多数人便默认了自己的普普通通，但查尔斯·舒尔茨与大多数人唯一的不同在于他坚守住了自己的天赋，所以，他成了“神”。人的天赋不可造就，却能发掘。成长中的我们，要努力寻找和挖掘我们的天赋，说不定伟大的上帝就把什么天赋给予了我们呢。

有天赋也好，没天赋也罢，最重要的是，对于我们来说，不努力不付出不拼搏是不会有所成就的。

五、男孩自强，要培养自己的好品格

看一个人不仅要看他的才干，还要看他的品德，因为品德比才干更重要。一个人如果有良好的品德基础，那么他的人生就会更接近成功。

1 胡雪岩的品德

人物小传

胡雪岩（1823—1885），名光墉，字雪岩，清朝徽州绩溪人，中国近代著名商人，富可敌国的晚清著名企业家、政治家，著名的徽商。开办胡庆馀堂中药店。后入浙江巡抚做幕僚，为清军筹运饷械，1866年协助左宗棠创办福州船政局。在左宗棠调任陕甘总督后，主持上海采运局局务，先后在各省设立阜康银号20余处，并经营中药、丝茶业务，操纵江浙商业，资金最高达二千万两以上，是当时的“中国首富”。

成长故事

胡雪岩的父亲是做小生意的，一个人微薄的收入却要养一大家人，所以家庭生活常常捉襟见肘。为了贴补家用，胡雪岩8岁的时候，就开始替人家放牛。

有一天，他和一些小伙伴在野外放牛，他们把牛拴在一个地方，就玩了起来。玩着玩着，有一个小孩一不小心掉进了山沟里，其他孩子见那个孩子没影了，吓得惊慌失色，撒腿就往家跑。只有胡雪岩留了下来，他要想办法救那个孩子。于是，他沉着冷静地想办法，顺着那个孩子掉下去的地方慢慢地摸索着走下山沟。找到那个孩子后，他见那个孩子只是摔伤了，就把那个孩子拉了上来，并将他扶上牛背送回了家。乡邻们知道这件事后都对胡雪岩称赞不已，夸他遇事冷静、机灵、勇敢、为人善良。

孩童时代的胡雪岩有着他人所不及的高尚品德，成年后他又逐渐成为一个德才兼备的商人。因为他的人品好，不论是生意场上还是官府的人都相信他，有事都愿意委托给他去办，所以，胡雪岩把生意做得很大，成为当时中国的首富，人称中国历史上“一代商圣”。

睿智箴言

一个人品德基础良好，一生会很稳固。（胡雪岩）

男孩当自强

良好的品德是人生施展才能的基础，它对一个人的发展非常重要。正如胡雪岩所说的那样：“一个人小时候是看品德，不是看才干。”

一个人在社会上，有多大的本事，有多大的才干，在我们中国人看来不是很重要。外国人是以能力为本位，认为有能力就了不起，中国人不是这样，中国人更看重人的德行。一个人的品德基础好，才能越高越好；一个人的品德不好，才能越高别人反而越害怕，因为这样更容易做坏事。

中国古代科学家张衡说：“不患位之不尊，而患德之不崇；不耻禄之不伙，而耻智之不博。”哲学家罗曼·罗兰说：“没有伟大的品格，就没有伟大的人，甚至也没有伟大的艺术家，伟大的行动者。”今天，我们的许多企业在用人时都提出这样的观点：用人先看人的品德如何，品德不好，再有才能也不会得到重用。为此，“要学做事，先学会做人”这句口号在今天越来越受到人们的重视，也有越来越多的人正在实践着。由此，我们可以得出，注重品德修养要比提升才干重要得多。

当非智力因素成为决定成败的关键之时，不要让我们输在只有小聪明，只知读书的“起跑线上”。比如，要注意培养我们做事认真、一丝不苟的精神；培养我们诚实、勤劳、正直、勇敢、热情、开朗的性格；要纠正我们任性、依赖性强、经受不起挫折等不良性格；要树立正确的人生目标，立大志，立长志，这样，我们长大后才是顶天立地的男人，才是能成大事的人。

所以，在我们背诗词、认生字、学数学、学英语、学作文之际，一定不要忽视自己良好的品德和个性等非智力因素的培养。

2 欧弟的赤子心

人物小传

欧弟（1979—　），出生于中国台湾基隆市一个贫穷之家。原名欧阳汉声，外号“欧弟”，台湾著名歌手、节目主持人，影视歌三栖明星。年仅16岁时以偶像团体歌手身份出道，2011年6月6日，欧弟凭借在《天天向上》中的主持而荣获“第17届上海电视节”才艺型秀风采主持大奖。他所主持的《超级模王大道》获得了第47届金钟奖“最佳综艺节目”。

成长故事

15岁那年的一天早上，他发现父亲没有给他留下一分钱就没了踪影，他连坐公交车的钱都没有。无奈之下，他走了三个小时的路才来到学校，迟到的他被老师痛骂了一顿。他的心里闪过一丝对父亲的埋怨，怪父亲怎么一声不吭就走了。

从这时候起，他的悲惨生活开始了。没有家人，没有钱，也没有人照顾。为了生活，他只好和人借钱，然后去给人洗车、发广告单，挣到钱后再还给人家。他很讲信用，借的钱说哪天还就一定要还上。后来父亲回来了，他才知道父亲是为躲债而逃的，他没有埋怨父亲。17岁时，他进入娱乐圈，每个月赚点钱要给父亲还债，生活清贫而辛苦，但他却觉得挺好。

睿智箴言

相信人性本是善良的。（欧弟）

在娱乐圈苦苦打拼了几年后，他好不容易攒下一点人气和知名度，却又要去服兵役。服兵役的时候很苦，然而最令他难过的是心灵上的孤独，他希望能有亲情环绕。可等来的却是父亲带来的上百万的债务。看着被追债人打得鼻青脸肿的父亲跪在自己面前，他不知道能说些什么。他拿过笔，重重地一笔一画地将自己的名字刻进债务单，于是百万的债务落在了他的身上。他的心里不再有任何依靠，留给他的只有苦闷和巨大的债务压力。

退伍后，他带着那笔债务重返娱乐圈，他在娱乐圈里摸爬滚打着，辛苦地为父亲还债，可令他没想到的是，旧债未清新债又找上门。他又被迫为父亲签下了百万的欠据。残酷的命运，究竟带给他多少辛苦和辛酸，只有他自己最清楚。但他一直都记得高中时老师说的那句话“要相信人生最善良的一面，以后不管走到哪里，你都要保持赤子之心，一直到老”。他相信老师说得没错，所以他一直没有绝望过。

他努力地为父亲还债，努力地塑造自己，执着地追求事业上的新突破。他相信会时来运转，总会看到属于自己的那一片蓝天。终于他成功了，成为台湾影视歌三栖明星，他就是欧弟。

男孩当自强

相信人性最善良的那一面，命运是个巨大的转轮。愚蠢的人忽视机会，怯懦的人放弃机会，勇敢的人抓住机会，睿智的人创造机会。一个人如果能让自己经常维持像孩子一般纯洁的心灵，用乐观的心情做事，用善良的心肠待人，不自私，不猜忌，光明坦白，勇往直前。命运的转轮总会转到我们身边的。

人的一生难免遇到逆境和挫折，对于逆境，我们能拥有一份赤子之心，在通往人生追求与梦想之路的途中，去挑战不可能，去超越巅峰，这才是让人生保持激情的秘密。“赤子”二字是对人的心灵境界的最高褒评——清澈、纯净即是美；朴实、坦诚即是美；拒绝繁杂、混沌即是美。《孟子·离娄下》中说：“大人者，不失其赤子之心者也。”“赤子之心”，就是指具有婴儿一样纯洁无瑕的心，像一块莹白的璞玉，不是华美而耀眼的，却有一种清澈的魅力。成年人的心也应该像孩子一样好奇，像孩子一样无畏，像孩子一样童言无忌，像孩子一样执着规则，像孩子一样心地明净。

借用一个贤者的话：“赤子之心，是一颗纯粹之心；赤子之心，是一颗真挚之心；赤子之心，是一颗大善之心；赤子之心，是一颗无欲之心；赤子之心，是那永远不可被玷污的圣洁的灵魂。如果我们拥有一颗赤子之心，那我们将为这个世界无私地奉献；如果我们拥有一颗赤子之心，那我们的世界将温暖如春；如果我们真正拥有一颗赤子之心，即使我们的物质生活非常贫穷，我们也将成为最富有和最幸福的人。”想做个有德行、有成就的人，就必须心思纯净。真正的大成者，应该是经历人间一切荣华富贵、名利得失后，洗尽铅华，依然拥有一颗赤子之心的人，才是真正意义上有精神境界的人！

3 宋濂守信好学

人物小传

宋濂（1310—1381），字景濂，号潜溪，别号玄真子等，浦江（今浙江义乌）人，元末明初文学家，曾被明太祖朱元璋誉为“开国文臣之首”。宋濂自幼家境贫寒，但聪敏好学，他的《送东阳马生序》、《朱元璋奉天讨元北伐檄文》都留传千古。

成长故事

宋濂自幼好学，读书成癖，但是由于家里很穷，根本没钱为他买书，所以他只好向人家借书看。因为他时常借书，日久便形成了一个习惯，每次向别人借书时，都按期限还书，从不违约。因为讲信誉，有书的人也都放心并乐意把书借给他。

一次，他借到一本书，越读越爱不释手，于是决定把它抄下来。可是马上就要到还书的期限了，他只好连夜抄书。当时正是隆冬腊月，室内非常寒冷，就连墨水都结了冰，手冻得都拿不出来，但他还是坚持着抄完。次日，吃过早饭，他就急忙把书还给人家。借给他书的人听说此事后，深为感动，又多借了好几本书给他，并叮嘱他不用急着还。即使是这样，宋濂认为虽然借书是小事，但事关做人的诚信，所以不管人家等不等着看，到期限就应该还。

又一次，宋濂要去远方向一位学者请教，并约好了见面的日期，谁知出发那天却下起了鹅毛大雪。宋濂不顾大雪封山，准备好行装就要上路，母亲劝他改日再去，因为他穿在身上的那件旧棉袄无法抵御深山的严寒。

睿智箴言

功有所不全，力有所不任，才有所不足。（宋濂）

宋濂告诉母亲：今天不出发就会耽搁了拜师的日子，这会因此而失约，而失约就是对老师的不尊重。所以他还是执拗地冒雪前往，一路上雪没了膝盖，他一步步地挪到老师家。老师深受感动，称赞他守信好学，将来必有出息。

就这样，宋濂一生都在刻苦学习，“自少至老，未尝一日去书卷，于学无所不通。”他广博的学识和出色的才能受到当代和后世人们的一致尊崇，留下了许多优秀的诗文和作品。明朝的开国皇帝朱元璋称其为“开国文臣之首”，他也因此成为我国古代文学史上“明初诗文三大家”之一。

男孩当自强

关于诚信，今天有人给出这样的解释：诚信是一个道德范畴，是公民的第二个“身份证”，是日常行为的诚实和正式交流的信用的合称。即待人处事真诚、老实、讲信誉，言必信、行必果，一言九鼎，一诺千金。在一般意义上，“诚”即诚实诚恳，主要指一个人真诚的内在的道德品质；“信”即信用信任，主要指一个人“内诚”的外在表现。“诚”更多的指“内诚于心”，“信”则侧重于“外信于人”。“诚”与“信”一组合，就形成了一个内外兼备、具有丰富内涵的词汇，其基本含义是指诚实无欺，讲求信用。千百年来，诚信被中华民族视为自身的行为规范和道德修养，在基本字义的基础上形成了其独具特色并具有丰富内涵的诚信观。

古人说：“言必有信，期而必当，天下之高行也。”今人说：“对人以诚信，人不欺我；对事以诚信，事无不成。”诚信作为人的一种基本品质，是取信于人的良策，是处己立身、成就事业的基石。诚信是作为一个人的生活准则。

"诚信"精神就是培养人的高尚的道德情操、指引人们正确处理各种关系的重要道德准则。个人以诚立身，就会做到公正无私、不偏不倚，讲究信用，就能守法、守约、取信于人，就能妥善处理好人与人、个人与社会的关系。诚信是做人的第一步，不说谎话、讲信用的人，才会挺起胸膛光明磊落地做人。

今天，诚信在我们的生活中占有极为重要的作用，它是我们立足于社会最根本的素质要求。小到一个人、一个组织，大到一个国家，如果不具备诚信这个最基本的素质，要谈发展，求进步，基本上是不可能实现的。做一个诚实守信的人，才能为自己那张空白的人生图纸，绘上最绚丽的生命色彩。

4 从小自立的艾森豪威尔

人物小传

德怀特·戴维·艾森豪威尔（1890—1969），出生于美国得克萨斯州丹尼森的一个普通的家庭。曾经历任美军五星上将、美军陆军总长、美国哥伦比亚大学校长，美国前总统。

成长故事

因为父亲做生意失败，使得家庭经济状况十分糟糕。除了一点学习的时间外，少年时的艾森豪威尔和几个兄弟还要帮助爸爸妈妈做饭、打扫卫生、

睿智箴言

要好好地记住：慎重与怯懦不是同义语，正如勇敢并不等于鲁莽一样！（德怀特·戴维·艾森豪威尔）

干农活，才能勉强维持家庭生活。父母给他们制定了非常严格的家规，比如，早晨六点必须准时起床，晚上九点没活干了就必须上床睡觉，学习空闲的时候要参加各种劳动……

每年春天的时候，他们要跟父母一起在地里干活种蔬菜。夏天和秋天的时候，艾森豪威尔和几个兄弟要把菜运到城里去卖，然后再用卖菜的钱贴补家用，买他们的衣服和学习用品。

有一年，恰逢农忙播种时节，小弟弟生了很重的病，送到了医院里。父亲和两个哥哥要下地干农活，母亲要照顾重病的弟弟，家里的事务变得更加忙乱起来。母亲郑重其事地把为全家人做饭这件“大事”交给了小艾森豪威尔。虽然他此前曾经在母亲做饭时帮助打过下手，但是自己却根本没有独立操作的经验。可是他没有表现出为难的情绪，他知道家中的情况，他想：很多本领不就是这样自己学出来的吗？于是他下定决心一定要把饭做好。第一次，母亲也不放心，手把手地教他，怎样切菜，怎样生火，吩咐做什么饭，做什么菜。安排好了，妈妈就出去忙了。小艾森豪威尔便在厨房里自己忙活起来。因为从来没有做过饭，所以他感到有几分新鲜，也有几分好奇，更觉得很有趣，所以，他做得非常认真。但因为只看过妈妈怎么做，没有人指导，只好自己摸索着干，饭菜做好了，家里人在餐桌上吃得直皱眉头，弟弟妹妹们叫嚷着难以下咽。几次过后，他就有经验了，也越做越熟练了。慢慢地，家人都认可了他做的饭菜。

就这样一直到中学毕业离开家里参军前，艾森豪威尔一直帮父母干活。少年时期的这些经历深深地印在了艾森豪威尔的脑海中，即使是成为将军后，他仍对此记忆犹新。他常和别人说：“父母在艰苦岁月中教会他的，又岂止是做饭！”正是由于这种艰苦条件的磨炼，才培养和练就了艾森豪威尔百折不挠、奋勇向前的可贵品质。

男孩当自强

正如人们常说的那样，“穷人的孩子早当家”。父母在艾森豪威尔年幼时对他培养出的吃苦耐劳的精神，使他终身受益。在美军历史上，艾森豪威尔是一个充满戏剧性的传奇人物。他曾获得很多个第一。美军共授予10名五星上将，他晋升得“第一快”；他出身“第一穷”；他是美军统率最大战役行动的第一人；他是第一个担任北大西洋公约组织盟军的最高统帅；他是美军退役高级将领担任哥伦比亚大学校长的第一人；他是美国唯一的一个当上总统的五星上将。在世人眼里，他是有着钢铁般形象的“硬汉”。

娇生惯养的生活难以培养出杰出的人才，多吃点苦、学会独立生活，这才能更好地修炼我们身上成才的潜质。对于今天的大多数独生子女来说，这一点尤其重要。多有一些锻炼的机会，多做一些力所能及的事情，这可以培养我们自我抉择和解决问题的能力。不要担心我们做不好，什么事只有做了才能得到经验，才知道怎样做能够更好。今天，一些孩子独立生活能力差、依赖性强，缺乏进取心和毅力，遇事容易打退堂鼓或把任务转给成人。什么事情都想让家长来给做，家长不给做，自己就不知道应该怎样做。如此下去，是很难自立成人、大有作为的。

在我们的成长过程中，要多寻找自己动手的机会，培养我们自立的能力，培养我们自己做选择和处理问题的能力。在尝试的过程中感受失败、碰钉子，这样，我们就会从失败中汲取教训而成长起来。

5 做好小事的王永庆

人物小传

王永庆（1916—2008），出生于中国台湾省台北市新店直潭一个茶农家庭，是台湾著名的企业家、台塑集团的创办人，被誉为台湾的“经营之神”。16岁时用父亲借来的200元钱做本金自己开了一家小米店。一点点发展，后来筹资创办台塑公司，后又成立台塑集团。今天的台塑集团已发展成为台湾企业的“王中之王”。在世界化学工业界居“50强”之列。

成长故事

王永庆的父亲以种茶为生，一家人的生活颇为艰辛。家里没有条件供他读书，所以他小小年纪就已在为生计奔波了。15岁时，小学毕业的王永庆就跟着父亲到茶园干活。16岁的时候，他离开家乡，在嘉义开了一家米店。可那时在嘉义，大大小小的米店已经有30多家了，而王永庆的店铺资金少，规模小，又坐落于远离闹市的偏僻一角，所以在刚开张的一段日子里，生意一直是冷冷清清的。

米店要生存，就得想办法。无奈之下，王永庆只得背着米挨家挨户地去推销，可即使是这样，他一天走下来，受了很多累，也没有什么效果。王永庆反复地琢磨，决定从每一粒米上打开突破口。那时候，加工后的米里总会混有很多的小石子之类的杂物，人们做饭之前，需要反复地挑捡，还要淘好多次，很是麻烦。王永庆决定从这点入手来改善经营状况，他不怕麻烦，带着两个弟弟将混在米里的秕糠、砂石之类的杂物一点一点地捡出来，然后再卖，这样既提高了米的质量，也方便了顾客。慢慢地，一传十，十传百，米店的信誉逐渐提高了，生意也日渐红火起来。

睿智箴言

天底下没有容易可得的事情，但也没有努力而做不到的事情。（王永庆）

这个小小的胜利不能让王永庆满足，他还要在米上下大工夫。他始终盯紧市场，通过观察他发现，几乎所有的米店都不负责送米，而那些年老的顾客在买米和搬运的过程中十分不便，这应该是个大好的商机，于是王永庆开始主动送米上门。这种首创的“送货上门”服务极大地方便了顾客，受到了顾客们的一致欢迎。

王永庆的送货服务，并不是将米送到顾客家门口就完事了，而是直至彻底完成。他要帮助顾客将米倒进米缸里。为了保证米不会因存放过久而变质，他在遇到顾客家的米缸里有陈米时，就主动将陈米掏出来，把米缸擦干净，再把新米倒进去，尔后将陈米放到最上层。这一精细的服务令顾客非常满意，他的顾客数量更多了。

不仅如此，王永庆把服务做得更精细化。在每次给新顾客送米时，他都会在本子上记录下这户人家米缸的容量，并将这家的人口、几个大人、几个小孩，每人的饭量等也一并记录在内，然后以此为依据，推算顾客下次买米的时间。这样，不用等到顾客找上门来，他就主动地将米送到顾客家了。

凭借王永庆这种精细、务实的服务，他的米店的名字越来越响亮，甚至嘉义的家家户户都知道了他的米行。王永庆的生意越做越大，越做越好。在有了一定的资金和客户的基础上，他又由卖米，变为开办碾米厂，然后到创办台塑集团，他的事业逐渐发展起来，直至问鼎台湾首富。

男孩当自强

“把每一件简单的事做好就是不简单；把每一件平凡的事做好就是不平凡。”这是《细节决定成败》一书中的两句话。王永庆的人生成功经历告诉我们：不要以为创造就非得轰轰烈烈、惊天动地，把一粒米这样细小的工作做好同样也是一种创造。

苏联著名宇航员菲拉迪米尔·科马洛夫一个人驾驶着“联盟一号”返回大气层后，无论怎样操作也无法使降落伞打开以减慢飞船的速度，最终飞船坠毁了。令人难以置信的是，致使这悲壮场面发生的原因，就是地面检查时，工作人员忽略了一个小数点！这样一个小小的符号、这样看似平常的小事，居然让惨剧上演。

老子说：“天下难事，必做于易；天下大事，必做于细。”意思就是说在容易之时谋求难事，在细微之处成就大事。天下的难事，必从容易时做起；天下的大事，必从细微处着手。细节最重要，做好小事就是要注意身边的细节，细节决定着我们的成败。

有人说，我们不缺乏满腹雄韬伟略的野心家，但鲜有精益求精的务实者；我们不稀罕日夜憧憬功成名就的梦想家，但脚踏实地从基层做起的小人物却弥足珍贵。

很多“聪明”的人对小事不屑一顾，经常以“做大事者”自居，实际上，这些人往往是眼高手低之辈。要知道，小事是大事的根基，小事做不好，大事就不存在！因此，要树立并践行小事就是大事，把小事做到位，大事自然就做好了的思想。

细心地做好每一件小事，注意人生中的每一个细节，时刻提醒自己做得更好一点、更深入一点，我们就有可能触摸到人生理想的大门。

6 曼德拉追求正义

人物小传

纳尔逊·曼德拉（1918—　），出生于南非特兰斯凯一个大酋长家庭，先后获南非大学文学学士学位和威特沃特斯兰德大学律师资格，当过律师。他成功地组织并领导了“蔑视不公正法令运动”，赢得了全体黑人的尊敬。于1994年至1999年间任南非首位黑人总统，被尊称为“南非国父”。1993年获诺贝尔和平奖。

成长故事

幼年时代的曼德拉性格就十分刚强，他非常崇拜黑人民族英雄，是个很有正义感的孩子。那时候南非还是白人专政，由于种族歧视，黑人受到许多不公正的待遇。在白人专政的阴影下成长的曼德拉，强烈地反对种族歧视，从小就具有反抗精神，他对正义和理想的追求在童年时期就已初露端倪。9岁那年，当酋长的父亲去世了，他因为是家中长子而被指定为酋长继承人，但是他拒绝了。他明确地表明了自己的立场：“决不愿以酋长身份统治一个受压迫的部族”，而要“以一个战士的名义投身于民族解放事业”。

由于经常目睹当地大酋长在解决部落争端过程中受到白人政府不平等法律的约束，童年的他立志要寻求黑人真正的平等权利，追寻正义。在学生时代，他就曾多次领导学生运动，组织同学们抗议学校的白人法规，甚至还因此被学校除名。在“斗争”磨砺下的他，志向越发清晰：决心要为南非的每一个黑人寻求真正的公正。

睿智箴言

决不愿以酋长身份统治一个受压迫的部族，愿以一个战士的名义投身于民族解放事业。（纳尔逊·曼德拉）

为了推翻南非种族隔离制度，曼德拉与之进行了几十年不屈不挠的斗争，白人统治者把他逮捕，他因此在狱中度过了漫长的27年。虽然在狱中受尽了迫害和折磨，但他始终坚贞不屈，执着地追求正义，以其顽强的意志赢得了全世界人民的支持和喝彩。在曼德拉的领导下，南非人民终于推翻了南非种族隔离制度，在南非首次不分种族的大选中，曼德拉当选为南非第一位黑人总统。

男孩当自强

正义，是一个颇具神圣意蕴的字眼儿。追求正义，同真理、自由一起，向来体现着人类伟大的思想精神。正义是一个人最重要的品质之一，是一个人的道德中最重要的成分。古希腊最伟大的哲学家亚里士多德就认为，正义是百德之首，正义也是人的第一美德，有正义感的人是真正有道德的人。

大哲学家培根说："就是因为有了正义感，人才成为人，而不成为狼。"追求正义，是人类永恒的主题。在古希腊，哲学家柏拉图在他的《理想国》中首先提出了公平正义的问题，他强调公平即和谐，正义是个人和国家的"善德"。事实上，人们追求正义，就是追求崇高，追求人性的完善。正义，成为人类在生存发展过程中完善自身的一种永恒需求，它是一座永远在增高的山峰，不断地吸引并推动着人们向更高处攀登。

成长中的我们，要为追求正义而拼搏，因为有正义感，所以做人才要堂堂正正、立得正行得稳、爱憎分明、正气凛然、正大光明、无私无畏。年轻人要有高尚、正义的追求，有为人民服务和报效国家的情怀。追求正义，首先要为人正直。为人正直是做人最基本的品德，是有正义感的基础；其次，从小要树立以自觉遵守各项规章制度和规则为荣的意识，养成自觉遵守制度和规则的良好习惯，以实际行动维护正义；再次，不伤害他人、不侵犯他人的基本权利，这是做人有正义感的最起码的要求，故意伤害他人身体乃至生命是最严重的非正义行为；最后，就是要鄙视非正义行为，当遇到非正义行为发生时，对实施非正义行为的人要以自己的勇敢和机智同非正义行为作斗争。

7 贝京心中有大局

人物小传

梅纳赫姆·贝京（1913—1992），出生于沙皇统治下俄国的一个犹太人家庭，后来他的出生地划归波兰。犹太复国主义领袖，以色列总理。因为与埃及总统萨达特共同主持关于中东和平的谈判并签署“埃以和平条约”。他和萨达特共同获得1978年诺贝尔和平奖。

成长故事

因为是犹太人，少年时的贝京过着颠沛流离的生活，经受了许多苦难的生活。大学毕业后积极从事犹太复国主义运动，并成为一个青年运动支部的

睿智箴言

强有力的先发制人，才是最好的防御。（梅纳赫姆·贝京）

负责人。后来，他又参加并领导了地下武装组织“伊尔贡”，积极参加犹太复国活动。

以色列刚刚复国，就发生了第一次中东战争。停战期间，以色列想尽快扩编国防军。因为“伊尔贡”在以色列的影响很大，一位国防军负责人找到贝京，抱着试一试的态度向贝京说明整编“伊尔贡”对取得战争胜利和维护国家安全的重要性。他猜想贝京绝不会将自己亲手创建的武装力量拱手相送的。因为对于贝京这样一个野心勃勃的年轻的政治家来说，交出武装就等于交出权力。但是，出乎这位负责人的意料，贝京很快就同意了整编。而且在贝京的影响下，以色列其他的小武装组织也都很快同意加入国防军。

之后不久，“伊尔贡”购买军火的轮船被国防军击沉。贝京及“伊尔贡”的其他几个负责人也被国防军抓了起来。虽然后来把他们放了回来，但“伊尔贡”的成员都怒不可遏，尤其贝京更是生气，情绪一时很是激动。他咒骂时任以色列总理的本-古里安是“策划”谋害他的“傻瓜、白痴”，还威胁说，自己很容易便能消灭本-古里安。并声明撤销了前不久发布的要求“伊尔贡”部队参加国防军和宣誓效忠政府的命令。

对于这一事件，总理本-古里安针锋相对地指出：“有人用一支枪可以杀害几个人，‘伊尔贡’走私5000支枪足以葬送整个国家！”“感谢上帝，加农炮击中了那艘该死的船！”这句话让“伊尔贡”人更加仇恨本-古里安。贝京的助手劝贝京找机会干掉本-古里安，让本-古里安尝尝他们的厉害。

贝京这时清醒过来，他平静地告诉助手们：“我们不能这么做，犹太人已经遭受了外人太多的欺负，不能再同室操戈了，在此危急之时，更应该如此！”这一决定显示了贝京从大局出发的政治家风度。

后来，贝京解散了“伊尔贡”组织，其成员参加以色列的国防军，为以色列军队建设作出了贡献。贝京凭着他识大局、顾大体的精神赢得了人心，后来出任以色列总理，为以色列国的建设作出了自己的贡献。

男孩当自强

贝京的识大局顾大体的团队精神是犹太人团结精神的写照。犹太人懂得团结的价值，在一些重大历史事件中，犹太人的团结合作精神是举世闻名的。历史上，以色列刚刚复国时，居住在国外的犹太人纷纷为以色列捐款，对以色列国家的稳定和几次战争的胜利起到了重要作用。这也再一次展现了犹太人的这种集体主义和团结合作精神。

犹太人在世界各领域取得的辉煌成就，也是团结合作的结果。弗兰克、爱因斯坦、尼尔斯·玻尔、赫兹曾一度是要好的朋友，正是这几个犹太人推动了整个人类的科学进步。此外，西拉德、爱因斯坦、奥本海默、特勒也曾是要好的朋友，正是这四个人的共同努力，才制造出了世界上第一颗原子弹和氢弹。

在经济界，犹太大亨的这种倾向就更明显了，他们的生意伙伴一般都在犹太人中间选择。萨尔诺夫、迈耶、威廉·佩利、凯瑟琳·格雷厄姆等曾是最要好的朋友和生意对手，彼此在友谊和竞争中发财，美国好莱坞的巨头戈德温、梅耶、派拉蒙等五大电影公司，都是犹太人的公司，正是这几个犹太人之间的分分合合，垄断了好莱坞。

在我们的生活中有这样的话：“一个和尚挑水吃，两个和尚抬水吃，三个和尚没水吃”、“一个中国人是条龙，两个中国人是个虫”。这些都说明了我们在团队合作方面的薄弱与不足，这也是影响我们事业成功的一个很大的因素。特别在今天，我们绝大多数人都是独生子女，因为这一特殊情况，使得我们的自我意识很强，缺少与人合作的意识，我们中的一些人自己做一些事还行，要让大家一起去做一件事就不知道怎么做了。这对我们的成长和将来走向社会都是不利的。与人合作的能力、团队团结合作是21世纪人才所必需的品质，是做好工作的一个非常重要的条件。所以，在平常的学习、劳动和生活中培养我们的团队合作精神无疑是特别应该引起重视的问题。

8 注重细节的加加林

人物小传

尤里·阿列克谢耶维奇·加加林（1934—1968），生于苏联斯摩棱斯克州一个农民家庭。世界上第一名航天员，苏联英雄，苏联太空人，苏联红军上校飞行员，是第一个进入太空的地球人。1968年3月27日因飞机失事遇难。

成长故事

加加林15岁的时候，因为家中生活困难而停止了中学的学业，他想尽早地在经济上帮助父母，于是进入工厂工作。他的工作是翻砂工，工作很繁重，不仅需要知识和经验，而且需要体力。这对于年仅15岁的加加林来说很不轻松，然而，年轻的他除了谦虚地向工人师傅学习实际经验外，还每天坚持去工人夜校学习，补习文化课，学习工作需要的知识。后来，他参军并被选进宇航员训练队。

在宇航员训练队，加加林边学习太空航行知识，边刻苦训练。在确定第一位进入太空的宇航员时，训练队一共有20多名优秀的宇航员，可加加林却脱颖而出，起决定作用的是他的一个细节动作。

睿智箴言

宇宙航行不是一个人或某群人的事，这是人类在其发展中合乎规律的历史进程。（尤里·阿列克谢耶维奇·加加林）

原来，在确定最终人选的前一个星期，主要设计师罗廖夫发现，在进入飞船前训练时，只有加加林一个人脱下鞋子，只穿袜子进入座舱。就是这个细节一下子赢得了罗廖夫的好感，他感到这个年轻人如此珍爱他为之倾注心血的飞船，于是决定让加加林执行人类首次太空飞行的神圣使命。

加加林乘“东方”号宇宙飞船进入太空遨游了108分钟，成为世界上第一位进入太空的宇航员。

男孩当自强

美国佛罗里达州有位穷画家，名叫律薄曼。因为穷，他当时所拥有的画具很少，仅有的一支铅笔也是削得短短的。有一天，律薄曼正在绘图时，由于画室里纸张较多，找了半天也找不到橡皮擦。当他找到橡皮擦时，铅笔又不见了。铅笔找到后，为了防止再丢，他索性将橡皮擦用丝线扎到铅笔的尾端。但用了一会儿，橡皮擦又掉了。“怎么能让它不分开呢？”律薄曼为此事琢磨了好几天，终于想出主意来了：他剪下一小块薄铁片，把橡皮擦和铅笔绕着包了起来。果然，用一点儿小工夫做出来的这个玩意相当管用。橡皮擦和铅笔再也不分开了。后来，他为此申请了专利，并把这项专利卖给了一家铅笔公司，从中赚得55万美元，他用这笔钱买了很多画画的材料，潜心绘画，终于取得了不错的成绩。

我们的生活是由很多个细节组成的，谁注重细节、掌握细节，谁就会成为一个出色的人。一个男孩的举手投足都可能给人留下深刻的印象。比如，一个男孩随手扔出纸屑，就会让人觉得他没有环保意识，甚至会认为他素质低；一个外表看起来非常得体的男孩，在公共场所无所顾忌地大声喧哗，会给他的形象大打折扣……相反，见面时一句轻声的问候，一个善意的微笑，会让人感觉你是一个很有修养的人。所以，生活中的点点滴滴都有需要我们关注的细节。

生活中，需要做的大事实在太少了，多数人只能做一些具体的、琐碎的小事，但这就是生活。只有今天注重这些琐碎的小细节，才能获得明天的好收获。作为成长中的孩子，要注意的生活细节很多，例如，站立行走，要讲究姿势；要注意言谈举止；要注意穿着打扮，衣着得体；不管你是高的矮的，还是美的丑的，给自己一点信心；要经常把微笑挂在脸上；要有修养，要有内涵等。千万别小看生活中的细节，只要你留心观察，细节往往能够成就我们的人生。

小事成就大事，细节成就完美。最伟大的生命往往是由最细小的事物一点一滴汇集而成的。细节影响品质，细节体现品位，细节显示差异，细节决定成败。

9 孔菲德节俭图强

人物小传

柏那尔·孔菲德（1927— ），生于土耳其的一个犹太人的小康家庭。孔菲德读小学时，一家人迁居到美国，不久父亲去世，从此家境日渐贫穷起来。大学毕业后他只身漂流到纽约，进入证券投资行业，由开始给人打工到成立自己的公司，成为了美国极有声誉的股票巨人。被称为“空手道先生”。他白手起家，由一分钱没有的穷小子成为大富翁。

成长故事

孔菲德从小失去父亲，家境十分贫寒，这些悲惨的遭遇给他带来巨大的痛苦。穷人的孩子早当家，他也因此早早地懂事，帮助母亲维持一家人的生计。后来，他又以惊人的毅力考取了一所著名大学。家里没钱供他，他就自己挣钱供自己读书。大学毕业后他去给人打工，为了生存，他养成了奋发图强的秉性和勤俭节约的意识。他努力减少自己的支出，舍不得多花一分钱，将打工赚来的小钱一点点地攒起来。日积月累，孔菲德有了一点钱。

后来，他到了纽约，找了一份互助基金推销员的工作。那时候，许多人都没有工作，做互助基金推销员的人太多，竞争非常激烈，推销员的工资是从基金佣金中按比例提取的，所以挣点钱很不容易。很多时候，顾客买的基金数额很小，受理这些小顾客根本没有多少收入。一些推销员不愿意做，但是孔菲德却一直坚持着赚这少得可怜的钱，并且努力地创造机会，想办法多赚一点。他和任何能接触上的人打交道，推销他的基金，他把挣来的钱都存起来，他认为财富就是靠赚钱和节省累积起来的。

睿智箴言

财富就是靠赚钱和节省累积起来的。（柏那尔·孔菲德）

孔菲德凭借这种节俭图强的精神，终于积累了一些创业的资金，他开始创立自己的基金推销公司，取名为“国际投资信托公司”。因为他讲究诚信，善待每一位顾客，所以，很多客户纷纷购买他的股票。不到一年的时间，他的公司的基金股票成为股市上的抢手货，孔菲德的收入迅速增加。两三年后，他的财富已达到7.5亿美元。孔菲德名利双收，成为了美国极有声誉的股票巨人。就这样，孔菲德从一个一无所有的人变成了首屈一指的富翁。

男孩当自强

孔菲德的成功证明：唯有养成节俭的习惯，才能够积累财富，将节省下的钱用于将来发展事业上，也唯有如此，才能实现财富梦想。事实上，那些富有的人都知道，富有从来都不是一下子就能实现的，而是通过一点一滴积累而来的，所以许多成为富豪的人绝不会因为钱少而弃之。正是因为小钱的积累，才换来了大钱，没有这种心态，就不可能获得更多的财富。正是凭借从小养成的节省习惯和自己的不懈奋斗，一些当年很穷的创业者最终让自己变成了富翁。

世界上最富有的人当属犹太人。他们认为，节省不仅是财富的基石，也是培养一个人许多优秀品质的根本。他们懂得，一个人若想获得财富，先得具有克制欲望的力量。所以，许多犹太商人不管多么富有，绝不会随意地挥霍钱财，都有节省的习惯。在生活中，犹太人以积蓄钱财为时尚，不会用光吃光，更不会手头空空。他们常常精打细算，把该花的钱花好，把不该花的钱省下来。

犹太人测算过，依照世界的平均利率，如果一个人每天储蓄1美元，88年后可以得到100万美元。这88年的时间可能长了一点，但每天储蓄2美元，在实行了十年、二十年后，很容易就可以达到100万美元。犹太人的这些金钱观念是很有道理的，这就是犹太人积累财富的奥秘。

我们的祖先也是很提倡节俭的，唐代著名诗人李商隐有句名言："历览前贤国与家，成由节俭败由奢。"清代的朱柏庐在《朱子治家格言》中说："一粥一饭，当思来之不易；半丝半缕，恒念物力维艰。"勤俭节约的美德应该是我们每个人都应有的品质。节俭，是我们每个公民应尽的义务，虽然今天我们衣食无忧，但节俭却是一种美德，这是对劳动的尊重，也是一种社会责任。

10 德艺双馨的好人齐达内

人物小传

齐内丁·亚兹德·齐达内（1972— ），出生于法国马赛郊区的北非移民聚居地阿尔及利亚侨民之家。法国足球运动员。齐达内在球场上技艺非凡，球场下人品出众。德艺双馨的齐达内，在其长达18年的职业球员生涯里，为当代球迷确立了一个真正的优秀球员的标准。先后获得2003世界足球先生称号、2006世界杯金球奖、2006法国最受欢迎运动员、2008金足奖终身成就奖。

成长故事

齐达内的父母是从阿尔及利亚一个偏僻的山村移民到法国的，他们有5个孩子，齐达内是其中最小的一个。靠着父亲做守夜人微薄的收入支撑着一家人的生活。

成长在灰尘漫天飞舞的贫困区，穿着破旧的球衫同小伙伴们在街头疯跑的齐达内尽情地释放着自己的天分，贫穷的生活没有压抑他爱好足球的天性。父母希望孩子们受到好的教育，能有个好的未来，可是小齐达内却不太听话，他逃避家务劳动，而且屡教不改；他喜欢足球，而且一玩球就是好几个小时，甚至连学校都不想去了。开明的父亲觉得齐达内在足球方面也许能够取得一些成绩，于是支持他踢足球。但父亲觉得不约束他也不行，于是，有一天，父亲把12岁的齐达内拉到自己身边，和他进行了一次长谈，给了他一生中最重要的三条建议：尊敬所有人；永远比别人多付出；严肃地去完成每一项工作。从此，齐达内按照父亲的教诲开始了自己的人生。

13岁时，齐达内开始了正规的足球训练，参加镇上的少年足球队。14岁时就有“马赛神童”之称。1994年8月17日，他第一次作为首选队员参加了法国国家队对捷克队的比赛。他在法国队以0：2落后时被替换上场，并在15分钟内分别用左脚和头顶攻入2球。这场比赛是他的“成名之作”。

尽管齐达内已经成为世界上身价最高的球员，但他却远没有高高在上的感觉，他在球场上技艺非凡，球场下人品出众。他始终保存着一份谦虚朴实的赤子之心，童年的贫苦生活让他学会如何同人相处，如何去把握自己。

他关心艾滋病儿童、关心贫困的人们、关心那些因为没有学校而失学的孩子，他多次组织慈善足球赛，把比赛的收入捐给联合国开发计划署、联合国儿童基金会。齐达内因此成为联合国亲善大使。他在一次“抗击贫困”比赛前说：“每个人都可以做些事来让世界变得更美好。”他曾被评为世界足球先生。德艺双馨的齐达内，在其长达18年的职业球员生涯里，为当代球迷确立了一个真正优秀球员的标准。前联合国秘书长安南称赞他是人类的文化遗产，是一位伟大的艺术家，是21世纪的一幅肖像。

睿智箴言

每个人都可以做些事来让世界变得更美好。（齐内丁·亚兹德·齐达内）

男孩当自强

好人，是一个普通的称谓。好人，同时又是一种无价的荣誉。齐达内球踢得很好，因为踢球挣了很多钱，但对他来说，最值钱的还是他的人品，这才是许许多多的人喜欢他的真正原因。无论自己的名声多么响，齐达内总是做一个谦虚的人，做一个关心弱者的人，做一个宽容别人的人……

人生路漫漫，生命的价值在人生之路中体现得淋漓尽致，它的意义不在于能活多少天，而在于我们怎样选择自己的人生，一辈子做个怎样的人。人的生命是一个灿烂的过程，每个人都是世上的一个过客，要做怎样的过客，那是每个人自己的选择。是做个有意义的人，还是做一个虚度年华的人；是做个人人称道的人，还是做一个人人唾弃的人，这个选择的权利在我们手里。

谁都无法决定生命的长度，但谁都能决定生命的宽度。人生一世，草木一秋。什么才是生命的终极意义？人该怎样度过自己的一生，实现短暂而丰富的人生价值呢？这恐怕是一个古老而又年轻的永恒的话题，也是伴随一个人生命全过程的问题。对于我们每一个人来说，做个被人称道的好人，其实很简单：只要我们热情，替别人考虑问题，尽量帮助别人，就是一个人见人爱的好人；只要我们在自己力所能及的条件下，多为他人为社会做一些有益的事，充分显示自己的真善美，我们就是一个好人；只要我们对别人多一个微笑、多一份关怀、多一份温馨、多一句真言、多做这么一点一滴，我们就是好人；只要我们“不以恶小而为之，不以善小而不为”，我们就是好人。

六、男孩自强，要树雄心立壮志

俗话说：“哀莫大于心死，穷莫过于志穷。”立志是成功的基础，志不立，就像没有帆的船，没有轮的车，不会有所成就；男孩要自强，就必须树立自己的雄心壮志。

1 詹天佑自强自立

人物小传

詹天佑（1861—1919），出生于广东南海。字眷诚，号达朝，中国近代铁路工程专家。12岁留学美国土木工程及铁路专科，大学毕业获学士学位归国。主持修建我国自建的第一条铁路——京张铁路；创造“竖井施工法”和“人”字形线路，震惊中外；在筹划修建沪嘉、洛潼、津芦、锦州、萍醴、新易、潮汕、粤汉等铁路中，成绩斐然。著有《铁路名词表》《京张铁路工程纪略》等；有“中国铁路之父”“中国近代工程之父”之称。

成长故事

清朝末期，清政府腐败无能，外国人倚仗着洋枪洋炮在中国的土地上肆意横行霸道，年幼的詹天佑把这些看在眼里，记在心上，他不相信我们就这样总会受人欺负，他立志要为祖国的富强做些事情。

儿时的詹天佑就对机械制造十分感兴趣，在和邻居的孩子们一起玩时，他就领着孩子们用泥土仿做各种机器模型。孩子们经常是一身泥一身水的，回到家里还要受到家人的责骂，但詹天佑却丝毫不在乎。他还很喜欢摆弄家里的小物件，经常是偷偷地把小物件什么的给拆了玩。有一次，他把家里的自鸣钟偷偷地拆了，可是，等到他想装上的时候，却怎么都装不回去了。他怕父亲回来责备他，就赶紧抱着那些零件，跑到街上一家洋人开的钟表铺里，想把自鸣钟装上。那个洋人摆弄了一会儿，很快就把自鸣钟装上了。詹天佑看得很神奇，问洋人能不能教教他，可那洋人却用非常看不起的眼神看着他，用鄙夷和轻蔑的口吻对小詹天佑说：“你们中国人是学不会这些的。”

睿智箴言

我们要勤奋学习，外国人能行，我们也一定能行，我们的祖国也一定会有自己的火车、轮船。（詹天佑）

小詹天佑听了心里很不高兴。回家的路上，那个洋人轻蔑的话语和眼神一直在他的脑海中回响和闪现，要强的他暗下决心：“将来我一定要比他做得更好！”

凭借勤奋好学，12岁的詹天佑考取了清政府组织的“幼童留美预习班”。从此，詹天佑告别家人，踏上了求学之路。在美国学习期间，詹天佑看到了西方科学技术的巨大成就，对西方的机器、火车、轮船及电讯制造业的迅猛发展惊叹不已。同学们看到西方的工业和科技是如此发达，又联想到自己的祖国是那么落后，不禁对祖国的前途悲观起来，而詹天佑却不然，他信心百倍地、坚定地对同学们说：“我们要勤奋学习，外国人能行，我们也一定能行，我们的祖国也一定会有自己的火车、轮船。”怀着强国富民的坚定信念，詹天佑发奋努力，最后考入耶鲁大学土木工程系，并以优秀的成绩毕业。

回国后，詹天佑进入中国铁路公司，担任工程师。在极端困难的条件下，主持修建了中国的多条铁路，成为“中国铁路之父”“中国近代工程之父”。

男孩当自强

成龙在“男儿当自强”这首歌中唱道：“傲气面对万重浪，热血像那红日光。胆似铁打骨如精钢，胸襟百千丈眼光万里长。我发奋图强做好汉，做个好汉子每天要自强，热血男儿汉比太阳更光。”是的，“男儿当自强”。因为自强，詹天佑努力学习、不断拼搏，主持修建了外国人断言中国人修不了的铁路，为中国人大长了志气。

每个人都有自己的潜能，认清目标，坚定理想，相信自己也会有闪光的一刻。所以，认识自己的潜能非常重要，这是建立自信的基础。自信的人总是积极向上，不断地充实自己，完善自己，奋发进取，并最终获得胜利。

一个人要学会自己感悟自己，这是一份人生的默契；要学会自己热爱自己，这是一种生命的感激。自暴自弃，自己便是自己的奴隶；自强自立，自己就是自己的主人。走过自己，才不失为一份洒脱；超越自己，才不失为一份坚毅；开拓自己，人生的青春将会拥有更绚烂的美丽。

自强是一种威武不能屈，贫贱不能移，富贵不能淫的浩然气度。自强是一种困难压不倒，厄运头不低，危险无所惧的高尚操守。自强是一种不怕己弱小，勤勉解困机，敢于硬碰硬，四两拨千斤的拼搏精神。自强，是一叶高扬的风帆；自强，是一道亮丽的景观；自强，将永远伴我们走向希望，走向圆满。

做个自强自立的人说起来容易，但要付诸于行动上却又是那么不简单，这就需要你有一颗永远坚定自己理想信念的执着之心，正确地对待自己的人生，确立好人生目标，制订好你的人生计划，朝着自我激励、勇于进取实践，面对迎面而来的困难勇敢地挑战它，面对失败敢于接受它，面对一次次的挫折笑着接纳它。

2 安东尼·罗宾的改变

人物小传

安东尼·罗宾（1960— ），出生于美国加利福尼亚，世界潜能激励大师、世界第一成功导师、世界第一潜能开发大师。主要著作有《激发个人潜能Ⅱ》《激发无限的潜力》《唤起心中的巨人》《巨人的脚步》和《一分钟巨人》等，他的著作被翻译成数十种译本。1995年安东尼·罗宾当选为“美国十大杰出青年”。

成长故事

有一个一名不文、贫穷潦倒的年轻人，在一家小银行里当一个小员工，三十多岁时仍然住在仅有10平方米的单身公寓里，生活一团糟，人际关系恶劣，前途十分暗淡。他想改变自己的人生和处境，梦想着自己能当一名出色的演说家，但他不知道应该怎么做。

周围的人都认为他是一个庸人，连他自己也看不起自己，觉得自己离梦想越来越远，但他又有些不甘心，所以他非常苦恼。

有一天，他无聊地翻看着报纸，一则报道引起了他的注意：报道说：有一个叫胡达·克鲁斯的老太太，70岁生日那天，立志学习登山，95岁时终于登上日本最高的富士山，她成为登上那座山的年龄最高的人。这个故事使年轻人十分受鼓舞，于是，他提起笔，给老太太写了一封信，信中说出了自己的苦恼，问老太太：“如果我从现在开始努力，还有希望成为一个演说家吗？”

老太太看后，很有兴趣，因为别人来的信件都是问候她恭维她的话，唯独这封信，是向她请教人生问题的。于是，老太太拿起笔，颤微微地写道：“如果你只是把梦想放在脑袋里，就永远不会成为现实，但只要开始付诸行动，就永远都不迟。”

睿智箴言

很多人达不成目标就找借口和理由。这所有的借口和理由就是一句话：没有资源。其实资源从来都不是问题，只要你有智慧去整合这些资源。（安东尼·罗宾）

收到胡达·克鲁斯老太太的回信后，年轻人信心倍增，果断地辞去了稳定但平庸的职员工作，开始投身于自己热爱的演讲事业。他去报名学习演讲，最终成为全球最著名的五大演说家之一，步入亿万富豪的行列，成为全球顶级的成功学和激励学大师，他的《激发无限的潜力》《唤起心中的巨人》等著作改变了无数读者的命运。这个年轻人叫安东尼·罗宾。

男孩当自强

安东尼·罗宾在哈佛大学的一次演讲中提到了胡达·克鲁斯老太太的故事，他忠告青年人：“改变的力量源自于决定，一旦决定了做自己喜爱的事，就不要在乎自己的年龄或现状，因为你已经开始了成功的起点，只要开始，就永远不迟。”

我们不如别人学习好，不如别人的人际关系好，不如别人的运气好，不如别人的家庭出身好，等等，这些都不重要，重要的是我们想不想改变自己。如果我们想改变自己，一切都来得及。当然，要改变自己就要把隐藏在我们心底里的不自信转化成自信，并且立刻行动起来。

居里夫人在功成名就之前这样告诫自己：“我们生活得都不容易，但是那有什么关系？我们必须有志向，尤其要有自信！我们必须相信我们的天赋是用来做某种事情的，无论代价多大，这种事情必须做到。”自信是生命和力量，自信是奇迹，自信是创立事业之本！天助自助之人。

有人问美国的亿万富翁洛克菲勒：“先生，假使你的财富一晚上化为乌有，您会怎么办？”洛克菲勒自信地笑着说：“给我10年的时间，照样再造一个洛克菲勒帝国！”

没有任何一件伟大的事业不是因为自信和热忱而成功的。一心朝着自己目标前进的人，整个世界都会为他让路，相信自己能行，便会攻无不克。失去金钱的人，失去很少；失去健康的人，失去很多；失去自信的人，将失去一切。如果我们自己都不相信自己，又还会有谁能相信自己呢？相信自己吧！对自己高声地喊上一句：“我自信，我能行！”而后走上奋斗之路！

3 项羽要做万人敌

人物小传

项羽（前232—前202），名籍，字羽，通常被称作项羽，出生在战国末期的军事世家，秦末起义军领袖，中国古代杰出的军事家及著名的政治人物。中国军事思想“勇战派”代表人物，是力能扛鼎、气压万夫的一代英雄豪杰。在楚汉战争中为汉王刘邦所败。他是中华数千年历史上最为勇猛的武将，“霸王”一词，专指项羽。

成长故事

项羽是战国时期楚国大将项燕的后代。项羽还是孩子的时候，楚国就灭亡了，他的爷爷项燕兵败自杀。他的叔叔项梁一直想恢复楚国，于是就领着侄儿项羽练习武艺、念书识字。十几岁的项羽就长得身材魁梧，叔叔教他念书识字，可是项羽才学了几天，就不愿学下去了。项梁又教他学剑，项羽学了一阵子，很快就掌握了用剑的要领，而后就扔下不学了。

叔叔很生气也很着急，就问项羽为什么不读书不练剑？项羽满不在乎地说："念书识字有什么用处？学会了，不过记记自己的名字；剑术学好了，也只能跟几个人对杀，没什么大用，我要学，就要学打大仗做大事的本领。"叔叔听项羽的口气不小，心中暗自高兴，于是把祖传的兵书拿出来，教给项羽学。项羽很聪明，一听就懂，很愿意学。

睿智箴言

将相宁无种，本无富和穷。（项羽）

后来叔叔项梁因为杀了人，躲避仇家，带着项羽逃亡到吴中那个地方住了下来。一次，秦始皇巡游吴中，项羽跟项梁一起去看皇帝出巡，当看到秦始皇的仪仗很是威风时，项羽对叔叔说："这个人将来可以取代他！"叔叔一听吓了一跳，连忙用手掩住他的嘴，不让他再说。从此，叔叔对项羽更是另眼相看。

不久，陈胜、吴广起义反抗暴秦，项羽跟着叔叔响应起义，他带人冲进郡守府，一个人就打败了上百的官兵，他们占领了那个地方，拉起了一支8000人的队伍，参加了起义军。在决定性的巨鹿之战中，项羽率军大破秦军主力。秦朝灭亡后，项羽自立为"西楚霸王"。

男孩当自强

古今中外，有多少有大志的人，最后都成为非常有成就的人，成为事业有成而名垂青史的人，所以，一个人必须胸有大志，最后才能有成就。从古代的陈胜、吴广等起义英雄到今天的毛泽东、周恩来等老一辈革命家，他们都是有大志者。陈胜还在为人耕地时就喊出了“燕雀安知鸿鹄之志”的豪言壮语，毛泽东在读中学时就写下了“男儿立志出乡关，学不成名誓不还”的诗句。范仲淹很小的时候就失去了父亲，家贫无依，但他少有大志，以天下为己任，发奋苦读，困了累了，就用凉水洗洗脸；没有吃的，每天就吃两顿米粥，最后成为一代名臣。三国时的政治家曹操在“煮酒论英雄”时说：“夫英雄者，胸有大志，腹有良谋，有包藏宇宙之机，吞吐天地之志也。”拿破仑说：“不想当将军的士兵不是好士兵。”世界上的任何事情，只有想不到的，没有做不到的，有多大的目标就会有多大的动力。

从另一方面说，没有一个无大志而最后能够有所成就的人。在成长过程中，我们可能会遇到挫折和坎坷而使我们的人生不得志，但我们必须胸有大志，树立大目标，必须“志存高远”，一定要努力储备力量。一旦机会来临，抓住机会，我们一定可以实现自己的人生理想。

“有志者，事竟成，破釜沉舟，百二秦关终属楚！苦心人，天不负，卧薪尝胆，三千越甲可吞吴！”当然，仅仅是“志存高远”还不行，只有远大的理想也不行，做人要胸怀大志，必须有坚强的意志、宽阔的胸怀、勤奋的精神、吃苦耐劳的勇气。要想有一个美好的人生，成就一番大事业，从小就必须好好用功，发奋学习，“为中华之崛起而读书”。在自己的心中树立起伟大的报负和远大的目标，我们将来一定会有令人满意的成绩，也一定会成为对国家有用的人才。

4 范仲淹胸怀大志

人物小传

范仲淹（989—1052），字希文，北宋苏州吴县（今属江苏）人，世称“范文正公”。北宋著名的政治家、军事家和文学家。范仲淹少有大志，刻苦学习；做官后，为政清廉，体恤民情，刚直不阿，力主改革，屡遭奸佞诬谤，数度被贬。写有著名的《岳阳楼记》，其中“先天下之忧而忧，后天下之乐而乐”为千古名句。

成长故事

范仲淹不到3岁时，父亲病故，他随着母亲改嫁到了朱家。十几岁时，范仲淹知道自己的身世后，便辞别母亲，只身来到应天府书院学习。范仲淹不想用朱家的钱，所以，生活条件非常艰苦，他每天早上做一些粥，等粥凉了后划成四块，早晚各两块，就着一些咸菜吃。

一天，范仲淹正在吃饭，他的同窗好友来看他，发现他只吃粥和咸菜，于心不忍，便拿出一些钱来，让范仲淹改善一下伙食，买点好吃的。范仲淹委婉地推辞了。同窗见他不要钱，就又给他送来一些好吃的，范仲淹这次接受了。但过了几天，同窗来看他时，吃惊地发现，他上次送来的好吃的都变质发霉了，范仲淹连一筷子都没动。同窗有些不高兴地问范仲淹是怎么回事，并批评范仲淹也太清高了，这样做会伤害朋友！范仲淹笑了笑，解释说：“我不是不吃，而是不敢吃。我担心自己吃了你的这些好吃的，以后就咽不下去粥和咸菜了，你不要误解我。”同窗听了范仲淹的话，更加佩服他的高尚人品。

一次，几个同窗好友一起谈到自己的志向，范仲淹：“将来我不当个好医生，就当个好宰相。”同窗问他为什么？他说：“好医生为人治病，解除病人的痛苦；好宰相治理国家，解除民众的疾苦。”他的这种不为个人升官发财而读书的远大抱负，让同窗好友们非常敬佩。后来，范仲淹当了参知政事（宰相），提出了许多利民富国的措施，实现了自己当年的愿望。

> **睿智箴言**
>
> 先天下之忧而忧，后天下之乐而乐。（范仲淹）

男孩当自强

范仲淹划粥割齑读书、约束自己不享受美食、立志为国为民，这些都是他胸有大志的表现。成功者的首要特质是胸怀大志。先贤孟子说过：“人若无志，与禽兽同类！”从古至今，凡成大事者必怀大志，也唯有那些胸怀大志的人能将自己的“志”淋漓尽致地表现出来。

成就大事业的人，并非天生就注定有那样辉煌的人生。关键是在他们的心中有一个信念在驱使他们，这个信念给他们力量和信心，这个信念就是永不磨灭的志向！

常言道：“伟人心中有志向，凡人心中有愿望。”有什么样的目标就有什么样的人生。所以，人生要有追求，要有远大的志向，不能满足于现状。当一个人以高标准要求自己的时候，他才能超越自身能力的极限！纵使一个人很有才干，但是没有远大的志向，也不会有大的成就，因为没有想做出大的成就来，所以就没有行动，没有去做，当然没有结果。有大志者即使没有超常的才干，只要他让想成功的信念不断地激励和强化自己，那么他也会在前进的路上变得有才能，去取得更多有利的机会。

5 陈涉的鸿鹄之志

人物小传

陈涉（前208—前169），名胜，字涉，秦朝时阳城人。秦二世时，与吴广率领戍卒900人，在蕲县大泽乡揭竿而起，诈称公子扶苏、楚将项燕的队伍，天下云集响应。陈涉石破天惊地呼喊："王侯将相宁有种乎？"而后自立为王，国号张楚。后来被部下所害。陈涉、吴广起义后，天下纷纷起义，残暴的秦王朝终于被推翻了。

成长故事

秦朝的时候，有个叫陈涉的人，出生于一个贫穷的家庭。长到十几岁的时候，为了能够帮助父母养家糊口，他就和一些人给地主家当雇工。地主对待雇工们很不好，只知道剥削他们的劳动，让他们多干活，不让他们吃饱饭。每天天不亮，陈涉就和雇工们一起下地干活，天黑了，地主还不让他们收工回家。

有一天，雇工们实在干不动了，陈涉就鼓动大家停止耕作到田埂上歇息一会儿。此时，毒毒的太阳照在他们的身上，他们的脸上汗水直流，地主家的饭一点都舍不得送来。陈涉越想心中越愤愤不平，看着周围一望无际的旷野、火热的阳光、流不尽的汗水……陈涉和同伴们谈起目前的生活，将来的命运。大家你一言我一语地说开了。

有人说："谁让我们生在贫穷之家了！"

有人说："我们一辈子就是为人家干活的命了。"

陈涉对同伴们说："没有命中注定的事，如果将来谁富贵了，我们相互不要忘记了！”

同伴们都笑着回答他说：“你是一个做雇工给人耕地的，怎么能发达富贵呢？”

陈涉仰天长叹道：“唉！燕雀哪里知道鸿鹄的志向呢？”意思是说，你们不知道我心中的志向啊！这时，陈涉就在自己的心中树立起将来一定要“富贵”的志向。

睿智箴言

燕雀安知鸿鹄之志哉！（陈涉）

正是这种远大的志向，使得后来陈涉领导了中国历史上第一次全国性的农民大起义，也因此让他名垂千古。

男孩当自强

陈涉说的“鸿鹄”自然是指他自己，“燕雀”自然是指他人了。鸿鹄可以展翅高飞，志向远大，知天之高远，而搏击风雷；而燕雀只能宿之低檐，穿梭于蒿草林间，看别人之脸色。由此说来，鸿鹄与燕雀不可同日而语。陈涉本是一只燕雀，以种田为生，不甘做普通燕雀的他，在为人种地的休息间隙，道出了：“燕雀安知鸿鹄之志哉？”作为有鸿鹄之志的燕雀，在后来被戍边时遇雨、误期、当斩的关键时刻，抓住机会，挺身而出，号召那些和他一起要去戍边的贫苦百姓们：“王侯将相，宁有种乎？”于是，群情激愤，士气高涨，斩木为兵，揭竿为旗，拉开了秦王朝灭亡的序幕。陈涉也因此成为一代英雄，这个“燕雀”被司马迁写进了《史记》的“世家”，进入了专为王侯将相所作的传记中。

陈涉是一个帮人家种地的雇工，其地位可以说是处在当时社会的最底层，但他从心里立下大志，且立下的是“鸿鹄之志”。所以，人应该先有志向，先要立志。明代哲学家、教育家王守仁说：“志不立，天下无可成之事”。一个人如果什么志向都没有，懵懵懂懂、浑浑噩噩，那还谈什么

“鸿鹄之志”呢。

当然，怀有“鸿鹄之志”，这无疑是对的，但是，有了“鸿鹄之志”，不能眼高手低，要从身边的小事做起，正如西汉文学家贾谊所说：“建大功于天下者，必先修与闺门之内；垂大名于万世者，必先行之于纤微之事。”不能做小事，就无以成大事。一点一滴地从小事做起，这样做，才是真正地怀着自己的“鸿鹄之志”，努力去争取成为自己心目中的“鸿鹄”。

6 耿弇有志成大事

人物小传

耿弇（3—58），字伯昭，扶风茂陵（今陕西兴平东北）人，东汉的开国名将，出生于名将之家。耿弇少而好学，尤爱兵事，投奔刘秀后，久经战阵，战功显著。他在帮助刘秀争夺天下时，共收取46郡、300余城。在东汉中兴功臣——“云台二十八将”中，耿弇排名第四。他勇猛善战，用兵灵活，善于谋略，指挥果断，是中国战争史上卓越的军事天才。

成长故事

耿弇从小就喜欢学习兵书，演练武艺，立志将来为国家效力。十几岁时，耿弇投奔了刘秀的义军，由于英勇善战，足智多谋，屡建战功，刘秀很快就升耿弇为大将军。刘秀称帝后，耿弇被任命为建威大将军，时年22岁，成为刘秀手下最年轻的一位大将军。

东汉刚刚建立，各地还有一些割据势力，这对社会稳定和国家统一都不利。耿弇给皇帝提出了消灭这些割据势力的建议，并要求自己亲自带兵去完成这一计划，皇帝听了很高兴，割据势力必须消灭，可是做这件事并不容易成功。耿弇对皇帝说：“只要我们立定志向，坚持不懈，就一定可以成功的！”皇帝看到耿弇，志气满满的样子，便答应了他的请求。

睿智箴言

有志者，事竟成。（耿弇）

皇帝和耿弇及谋士们研究了作战方略，调拨人马，就让耿弇出征了。耿弇率兵出击，运用声东击西的战术，连战连胜，很快就消灭了大部分割据势力，取得了预想的战果。接着，耿弇又率领大军向最大的割据势力张步进攻。双方摆开了阵势，战斗打得异常激烈，一支箭飞来射中耿弇的大腿，耿弇忍住剧痛，用佩剑砍断箭杆，继续指挥战斗，直到把张步打得大败而逃，他才让随军医生为他拔出腿上的箭头。

耿弇消灭了几个割据势力，胜利班师回朝，皇帝称赞耿弇说：“将军提出这个计划的时候，我真担心难以实现，但你做到了。这真是‘有志者，事竟成’啊！”

男孩当自强

北宋著名的政治家、文学家王安石在《游褒禅山记》里写道：“世之奇伟、瑰怪，非常之观，常在于险远，而人之所罕至焉，故非有志者不能至也。有志矣……”王安石的这句话含有两重意思：一是志在“奇伟瑰怪非常之观”，一是有志者才能达到。前一个“志”是目标或方向，后一个“志”是意志和决心。两者缺一，都不可能到达人生理想的彼岸。

人生之路亦如此。古今的杰出人物之所以成就一番大事业，必先有一个自己欲达到的目标。明代伟大的地理学家、旅行家和探险家徐霞客，少年时代便立下遍游祖国名山大川和探索长江源头的宏愿。22岁时，他辞别老母和新婚的妻子，踏上了远游的征途。从那年起，到56岁生命的终结，整整34年间，他拄一根手杖，携一床被褥，攀险峰，涉危涧，饥餐野果，渴饮清泉。为了探索大自然的奥秘，他走遍大半个中国，写出了著名的《徐霞客游记》，开辟了系统观察自然、探索自然的新方向，在世界地理史上占据了重要位置。

今天的我们也是一样，在人生成长的路上一定要选择好自己的目标，因为目标给人以方向。没有目标，漫无目的地乱碰，到头来一事无成；目标也给人以力量，美国前总统罗斯福说："我们之所以强大有力量，是因为我们的目标一致。"古往今来，任何成大事业者都有一番艰苦奋斗的经历，而他们之所以乐于苦斗，无不是因为受到远大目标的鼓舞。

世上少有一帆风顺的事，人生不如意事十之八九，关键要有志，有志者，事竟成，无志者，则事必定无成。

7 宗悫乘风破浪

人物小传

宗悫，生卒年不详，南北朝时期宋国人，他从小就有远大的志向，刻苦练习武艺。武艺高强的他，在家乡制服了好几起强盗抢劫的事，家乡人都称他是"无畏少年"。成年以后，他到军队当了将军。他英勇善战，为人正直，曾任刺史、光禄大夫等职，官封洮阳侯。

成长故事

宗悫从小就很勇敢，也很有抱负。他的叔父是当地一个很有名的学者，许多人都拜他为师学习儒学，可是小宗悫却不愿意跟着叔父学习。叔父见他任性且爱好武艺，就问他："宗悫，你长大后的志向是什么？"宗悫回答道："愿乘长风，破万里浪。"意思是"希望驾着大风刮散绵延万里的巨浪，勇往直前，干一番事业"。叔父见宗悫有这番志向，就鼓励他说："那你就为你的志向努力吧，就算你不能大富大贵，也必然会光宗耀祖。"

有一年，宗悫的哥哥结婚，强盗们听说了，当晚就要来打劫。家人都吓得躲了起来，当时宗悫才14岁，却挺身而出与强盗打斗，把十几个强盗打得四下溃逃。这件事使他在家乡出了名。

成年后有人推荐他到军队带兵，宗悫为将后，果然英勇善战。有一年，林邑王屡次侵扰宋国的边境，皇帝派宗悫带大军前去征讨。两军对垒之时，林邑王以大象披甲打头阵，颇难对付，宗悫一时不能取胜。宗悫决定以其人之道还治其人之身。交战那天，林邑王驱赶着大象直冲宗悫的队伍。可是，突然间，象群杀了个回马枪，朝林邑王的军队冲去，撞得他们人仰马翻。

> **睿智箴言**
>
> 愿乘长风，破万里浪。（宗悫）

原来。宗悫找人设计制作了一批模拟狮子上阵，那些大象见许多张着血盆大口、拖着长长的舌头、样子极其凶猛的狮子，立刻被吓破了胆，纷纷逃命。宗悫又带领部下一阵猛打猛冲，林邑王的军队被打得落花流水，溃散了大半，宗悫终于取得了胜利。

男孩当自强

什么是理想？理想是一个抽象的概念，是由人所设定的，指人们希望达到的人生目标和追求向往的奋斗前景。但是，正如英国女作家伏尼契所说："理想并不是一种空虚的东西，也并不玄奇；它既非幻想，更非野心，而是一种追求善美的意识。"理想，是一个人奋斗的目标，前进的动力。没有理想，也就没有了努力的方向，没有方向，也就没有了生活。

有人说："理想是石，敲出星星之火；理想是火，点燃熄灭的灯；理想是灯，照亮夜行的路；理想是路，引你走到黎明；理想是人生的太阳，是催人奋进的动力。"理想是人生的目标，一个精神生活充实的人，一定是一个很有理想的人，一定是一个很高尚的人。一个没有原则没有生活的人，一个只甘愿做物质的奴隶的人，那么他也一定是一个没有理想的人，这样的人最终会一事无成。

青少年时代是美好人生的开端，远大的理想在这里孕育，高尚的情操在这里萌生，良好的习惯在这里养成，生命的辉煌在这里奠基。所以，青少年时代就要树立远大的理想，并为自己的理想而努力。

少年有志，国家有望。不论今后我们做什么，当工人、农民、解放军，还是想做科学家、企业家、艺术家，都要把个人的奋斗志向同国家的前途命运紧紧地联系在一起，把个人今天的成长进步同祖国明天的繁荣昌盛紧紧地联系在一起，牢固树立起振兴中华的雄心壮志，立志为民族争光、为祖国争光。只有这样，才能保持正确的人生航向，真正成就自己的人生理想。

8 少有大志的祖逖

人物小传

祖逖（266—321），字士稚，范阳遒县（今河北涞水）人，东晋初期著名的北伐将领。祖逖性格旷达，仗义疏财，乐善好施，因少有大志，博得宗族乡里的敬重。从军后，他曾带领军队一度收复黄河以南大片的土地。“闻鸡起舞”“中流击楫”“枕戈待旦”等成语都与他有关。

成长故事

祖逖是个从小就有远大抱负的人。他发奋读书，博览古今，学问长进很快。接触过他的人都说，祖逖是个能辅佐帝王治理国家的人才。二十多岁的时候，有人推荐他去做官，他觉得自己书读得还不够，就没有答应，坚持继续读书。

后来，祖逖和幼时的好友刘琨一起担任司州主簿。他们常常同床而卧，同被而眠，一同谈论天下大事。目睹国家四分五裂的现状，他们立志天下，决心成为对国家有用的栋梁之才，致力北伐，恢复中原，为国家建功立业。

一天夜里，祖逖在睡梦中听到外面公鸡的鸣叫声，他躺在那里再也睡不着了，于是叫醒刘琨，对刘琨说：“鸡已经叫了，我睡不着，我们不能再这样躺在这里浪费时间了。以后，听见鸡叫，咱们就起床练剑如何？”刘琨欣然同意。于是他们二人每天鸡叫后就起床练剑，练完剑再学习，春去冬来，寒来暑往，从不间断。

睿智箴言

祖逖不能清中原而复济者，有如大江。（祖逖）

功夫不负有心人，经过长期的刻苦学习和训练，祖逖和刘琨终于成为能文能武的全才。他们投身到军中，祖逖建立功业，被任命为镇西将军，带领军队北伐收复失地，实现了他报效国家的愿望；刘琨做了大军都督，为国家镇守一方，充分发挥了他的文才武略。

男孩当自强

如祖逖年轻时就胸怀大志、忧国忧民一样，中华民族有许多青少年时代就立志为国为民的英雄人物：古时的项羽年少时就有："剑一人敌，不足学，若学，学万人敌。"战神霍去病，18岁当将军："匈奴未灭，何以为家！"今天的伟人更是如此，少年时的毛泽东"会当击水三千里，自信人生二百年。""指点江山，激扬文字，粪土当年万户侯。"少年周恩来的"为中华之崛起而读书""面壁十年图破壁，难酬蹈海亦英雄"……因为他们胸怀大志，所以他们才有所作为。大量的事实告诉我们：那些在事业上取得伟大成就、对人类作出卓越贡献的人，都是在青年时期就立下了鸿鹄之志，并在实践中为之坚持不懈、努力奋斗的人。

胸怀大志，更要奋发图强、学好本领，过硬的本领是一个人成功的基础，在科学技术飞速发展、竞争日趋激烈的今天更是这样。所以，我们一定要以强烈的求知欲和上进心，发奋读书，刻苦学习各门功课，打好知识基础。还要积极参加形式多样的课外活动，接触自然，了解社会，开阔眼界，增长见识，不断提高实践能力。特别要学会独立思考，培育创新精神，敢于在前人的基础上超越前人。

胸怀大志，更应该忧国忧民，把个人的理想和目标置于国家和民族的大目标中，把个人的人生目标置于人民的共同理想中。这样，不仅有利于为社会、为人民作出更大的贡献，而且有利于个人人生理想的实现。只有这样，胸怀才能宽广，人生事业才能辉煌，才能在奋斗的实践中把理想转化为现实。

9 帕格尼尼把苦难当成动力

人物小传

帕格尼尼（1782—1840），出生在意大利热那亚一个小商人家中。意大利著名的小提琴演奏家、作曲家。他的技巧影响了后来的小提琴作品，也影响了钢琴的技巧和作品。他的作品有《bE大调协奏曲》《二十四首随想曲》《军队奏鸣曲》《拿破仑奏鸣曲》等。还作有吉他曲200多首。

成长故事

在一般人看来，他可能是一个一生都倒霉透顶的人：1岁时险些死于猩红热；4岁时因麻疹病又险些被死神带走；13岁时患上了严重的肺炎，从此身体一直很弱；16岁时，受别人的教唆，他开始赌博和酗酒，染上了恶习，背上了沉重的债务，因生活和疾病困扰，不得不卖掉自己心爱的小提琴度日；46岁时嘴上突然长了脓疮，只好拔掉所有的牙齿；牙病初愈，又染上了严重的眼疾，只好由儿子领着走路；50岁后，关节炎、肠道炎等疾病接踵而来；55岁时他的嗓子又出了毛病，几乎不能说话；58岁时因病吐血而死。

睿智箴言

我拒绝一切平庸。（帕格尼尼）

可就是如此一个被疾病和磨难频频光顾的人，却凭着自己顽强的毅力，将苦难化作无穷的动力。7岁时他开始学琴；8岁时就写下了第一首小提琴奏鸣曲；9岁时入一家歌剧院的管弦乐队当小提琴手；12岁时登台演出自己创作的《奏鸣曲》，并一举成功；23岁的时候，他担任宫廷乐队小提琴独奏家；40多岁后，他遍游天下，把他的音乐传遍世界。

他就是历史上最著名的意大利小提琴大师，世界超级小提琴手，被人们誉为“小提琴之神”和“音乐之王”的帕格尼尼。

男孩当自强

世上每一个人都有各自的人生之路，很少有人的人生之路是一帆风顺的，苦难经常伴随在前行的人的左右，成为人生的必修课。人生就是一场艰辛之旅，人生之路更是苦难重重。失学落第、怀才不遇、失业待业、贫困潦倒、疾病困扰、失恋打击、婚姻破裂、遭人诬陷，被人误解、屡屡失败、孤独无助、受人暗算、误入歧途、落入陷阱，等等。不是每个人都要经受这些，但每个人的人生之路总会遇到这样或者那样的情况。在人生的旅途上，既有坎坷，也有坦途；既有荆棘，也有鲜花；既有眼泪，也有歌声；既有痛苦，也有幸福；既有失败，也有成功；既有机遇，也有陷阱……但有的人就是看不到这一点，更有些人不愿意正视苦难。在他们看来，似乎人生本该既舒适又顺利，既安稳又平和。他们不是怨天尤人，就是抱怨自己生而不幸，他们总是哀叹无数的麻烦、压力、困难与其为伴，他们认为自己是世界上最不幸的人。

哲人说：“苦难是人生的老师。”没有经过苦难考验的人，往往不懂得什么叫真正的人生，只有在战胜苦难的过程中才能体会到人生的真正意义。从这一点上来说，一帆风顺的道路对人的成长和发展并不见得是件好事。而那些路途坎坷的人，每一次挫折和苦难都是对人生的一次磨炼，使之在与苦难和逆境搏斗的同时，把自己的意志、毅力、情操和信念提高到一个新的层面，使他的人生总有收获。

“宝剑锋从磨砺出，梅花香自苦寒来”，痛苦会使我们的人生更坚强，磨难会使我们的生命更精彩，厄运只是我们生活中的一个小插曲。坦然地面对磨难，笑对磨难，正视人生的苦难，把苦难化为人生的动力，如此，才能牢牢地掌握命运的主动权，才能成就更为辉煌的人生。

七、男孩自强，要坚守心中的梦想

坚守住我们青春的梦想，在梦想的道路上留下我们坚实的足迹，我们就会沐浴到那明媚的阳光。

1 昆西·琼斯的梦想

人物小传

昆西·琼斯（1933— ），出生于美国芝加哥的黑人贫民窟。他不仅是一位负有盛名、成就卓越的黑人音乐艺术家、唱片制作人、作词作曲家、企业家，还是人权运动活动家，被誉为“西方现代音乐的教父”。

成长故事

昆西·琼斯小时候正是“二战”期间，贫民窟里黑帮林立，街上每天都有斗殴和抢劫事件发生。他厌恶这一切，没事时就对着天空中往返穿梭的飞机发呆。父亲发现他站在院子里对着天空发呆，就问他在干什么？他指着天上的飞机说：“什么时候我也能飞就好了！”父亲告诉他：“只要有梦想，你就能飞。”

10岁那年的一天，他和一伙淘气的小伙伴闯进了一个军械库。黑暗中，他见一间小屋里有一架立式钢琴，他不知是什么东西，用手指轻轻地触摸了一下琴键，竟然发出了悦耳的音乐声。那一刻，他热血沸腾，从此找到了人生的方向，他梦想成为一名歌手并得到父亲的支持，从此开始了音乐之旅。他先学习吹小号，由于他吹得非常出色，赢得了和爵士乐高手同台演出的机会，继而又到全美国巡演。

20岁时，小有成就的他又梦想着自己有一天能唱响整个欧美。于是，他来到了世界艺术之都巴黎。除了演出，他把主要精力放在学习上，作曲、配乐样样都令他兴趣盎然。果然，他得到了在欧洲演出和展示自己的机会。

> **睿智箴言**
>
> 我的梦想永远在路上。（昆西·琼斯）

30岁那年，他又梦想着成为全能的音乐家。于是他又回到美国，开始进军好莱坞，并且迅速成长为好莱坞大腕们争抢的配乐大师，先后八次获得奥斯卡最佳配乐奖提名。40岁那年，他的梦想是成为全球最受欢迎的音乐大师。

不幸的是，41岁那年，他因病脑部做了开颅手术，再也不能登台演奏了。正当人们都以为他会一蹶不振时，他又满怀激情地投入到了一项新的工作中。他为一名叫迈克尔·杰克逊的黑人男孩制作专辑，结果唱片畅销全球，成为历史上销量最大的唱片。迈克尔·杰克逊也因为他的推介成为天王巨星。他邀请斯皮尔伯格执导电影《紫色》，大胆起用了一位毫不知名的黑人女演员奥普拉·温弗瑞，奥普拉·温弗瑞后来成为全球最具影响力的主持人。

50岁那年，昆西·琼斯的梦想是帮助别人实现梦想。他组织当红歌星义演，筹得5亿美元善款，全部用于非洲赈灾基金。从此后，昆西·琼斯把大部分时间放在慈善事业上。60岁时，他的梦想是做个慈善家。

年过70岁时，有人问昆西·琼斯，你早已功成名就，为何从不停下脚步？他说："因为我的梦想永远在路上。"

男孩当自强

肯尼迪公司的大门上写着"如果我们有梦想，我们就能实现"。梦想是用来实现的。但是实现梦想有两个条件：一是自身的素质；二是外部的机遇。这就需要自身的素质不断提高，需要练就一身硬功夫，当自身的基础打好了，有了强大的实力，一旦获得了外部的合作机会，那么梦想就会变为现实。如一个作家他需要经过大量的阅读，大量的观察，大量的练习，深入生活的体验和经历各种故事和大量的思考，写成一部著作。如果想成为作家，只要获得出版商给他出版的机会，那么他的梦想就将会实现。但是，如果一个人什么都没有具备而想当作家什么的，那只是一个空想而已。

必须有了梦想之后，才能开始梦想之旅；而梦想之旅在于行动！梦想成真，源于梦想，贵于行动，成于坚持！所以，要想让梦想成真，就不能整天躺在床上做白日梦，只有头脑清醒地投入为实现梦想而奋斗的拼博之中，才能一步步地接近梦想。

梦想很重要，但是不能无目的的给自己乱定目标，不能不切实际地做白日梦，因为梦想是离不开现实的，如果一意孤行，主观臆测，那只能算作空想。当然，梦想不能太多，多了就可能盲目，不知道该圆哪一个梦。有梦想，试一下，就有可能成功；不试一下，就肯定不能成功。

选择适合自己的梦想很重要，我们改变不了环境，但可以改变自己；我们改变不了过去，但可以改变现在；我们不能预知明天，但可以把握今天。有了梦想就要付诸实际，要努力。不然一切梦想只能是“梦”想。所以，梦想固然重要，但行动更重要。如果说拥有梦想是一种智力，那么实现梦想就是一种能力。只要我们舍得付出，梦想与现实就是一步之遥。如果我们想坐享其成，梦想与现实就会相隔千里。梦想是美好的，但是如果梦想不付诸现实，就只能是一个美好的幻影。

2 从小就想名扬天下的安徒生

人物小传

汉斯·克里斯蒂安·安徒生（1805—1875），出生于丹麦一个贫苦的鞋匠家庭，作家、诗人。他自幼酷爱文学，他的童话故事世界闻名。他最著名的童话故事有《小锡兵》、《拇指姑娘》、《卖火柴的小女孩》、《丑小鸭》和《红鞋》等。至今，他的作品已被译为150多种语言，成千上万册童话书在全球出版发行。

成长故事

有一个小男孩，家里很贫穷，父亲是鞋匠，每天挣的钱还不够养家糊口。男孩十几岁时父亲就去世了，母亲为了生活不得不带着他另嫁他乡。继父从不关心他，母亲为生活忙碌着，也没有更多的时间关心他。但男孩有自己的梦想，他梦想着自己有一天成为剧作家。一个偶然的机会，他见到了王子，他满怀希望，按王子的要求，为王子唱诗歌、朗诵剧本。

表演完毕后，王子问他想得到什么赏赐，这个穷孩子大胆地告诉王子："我想写剧本，而且在皇家剧院演戏。"王了从头到脚地打量着这个长着小丑般大鼻子的笨拙的男孩，告诉他说："能够背诵剧本，并不表示能够写剧本，那是两码事。写剧本是很不容易的事，你还是去学一门有用的手艺，这样你才能够生活。"

14岁的男孩没有相信这些，他回家向母亲和从不关心自己的继父道别，离家去追寻自己的理想。他相信，只要自己肯努力，一定会让自己名扬天下的。

从此，男孩开始了他不停地创作过程。他拿着自己创作的剧本，几乎按遍了他所居住的那个城市所有达官贵人的门铃，挨家挨户地去推销，但没有人赏识他，他的生活无以为继，衣衫褴褛地落魄街头，甚至睡在公园的椅子上，但仍不减他心中的热情和梦想。他一直在努力地写着。

睿智箴言

希望之“桥”就是从“信心”这个字开来的。（汉斯·克里斯蒂安·安徒生）

终于，离开家16年后，他发表的童话故事吸引了孩子们的目光，开启了属于自己的新的一页。从此，他走上童话作家的行列，他的童话故事被译成多种文字，为世界各地的孩子们所喜爱。这个男孩就是安徒生。

男孩当自强

成长中的每个人都心怀梦想。有的人梦想成为爱迪生一样的发明家，有的人梦想成为玛丽莲·梦露那样备受瞩目的明星，有的人则梦想成为工程师、教师、将军、理发师……但无论梦想是大是小，是尊贵还是卑微，它都是我们心中最崇高的向往。每个人都怀揣着一个梦想，梦想是我们的希冀，它引领我们奋发进取，踏平坎坷成大路。

有了梦想，就有了理想；有了理想，就有了为理想而奋斗的人生历程。一个人如果没有梦想，也就没有了前进的激情和动力。心怀梦想，希望才会向我们招手；心怀梦想，才能设计人生；心怀梦想，才能倾听心中的号角，策马扬鞭向前；心怀梦想，才能紧扣脉搏与时俱进豁达一生。“海阔凭鱼跃，天高任鸟飞”，梦想就像一粒种子，一旦种在我们“心”的土壤里，它就可以生根发芽，开花结果。虽然在梦想的道路上并不是一帆风顺的，但只要我们坚定信念，努力拼搏，就一定会实现自己的人生梦想。

心怀梦想，拥抱现实；心怀梦想，正视现实。我们不能生活在虚拟的现实里，要怀着梦想在现实中去拼搏。每个人都有过自己的梦想，也曾为梦想而努力过。但是我们为了这份梦想付出过多少努力呢？是不是在遇到困难的时候就退缩了呢？是不是一时的心血来潮，遇到挫折就回头了呢？也许我们能够为自己的退缩找到一千个理由，但那不过是懦弱的借口。为了自己的梦想，多一分坚持，多一分自信。相信坚定而理智的努力一定会收获美好的结局。正如安徒生所说：“只要你是天鹅蛋，那么即使是在鸭栏里孵出的也没有关系。”

3 本田宗一郎向理想迈进

人物小传

本田宗一郎（1906—1991），出生于日本静冈县一个打铁匠的家庭，日本本田汽车的创始人，世界著名的企业家、日本实业家、工程师。本田宗一郎从小就迷恋机器，为了实现摆弄汽车的愿望，他应聘到一家汽车修理厂做了6年帮工。28岁时他创建了自己的公司，从此使公司一步步做大，成为世界性的大企业。

成长故事

小时候，本田宗一郎十分调皮，到处搞恶作剧，是当地有名的“孩子王”。上学后，本田宗一郎也不是个好学生，上课时不专心听讲，常常偷偷地跑出去玩耍。那时，也没有钟表，以寺院里的钟声为作息时间。有一

睿智箴言

人生的青春，逝去就不再来了。（本田宗一郎）

次，本田宗一郎实在不想上课了，便想了一个“馊主意”。他偷偷地溜进学校旁边的寺院的钟楼上去打钟。当！当！的钟声传到学校时，老师觉得有些奇怪，今天的时间怎么过得这么快，但还是叫同学们放学回家了。直到第二天寺院里的和尚当场逮住并狠狠地训了他一顿。

本田宗一郎因无心听课，所以学习成绩很差，老师把成绩单发下来，让学生拿回家让家长签字。他担心父母知道自己的成绩后会挨打！为了不让父母知道，他苦思了半天，灵机一动，用一块软胶皮刻了爸爸的名章盖在卷子上。同伴们发现他的秘密后，纷纷求他帮忙。老师发现这件事并告诉了他的父亲，父亲狠狠地揍了他一顿。

淘气的本田宗一郎对机器很感兴趣。一次，家乡的小镇上来了一辆汽车，本田宗一郎从没见过这么好的自己能跑的车，他立即对汽车产生了兴趣，跟着这辆车跑出去很远，直到汽车没影了，他还蹲在地上研究汽车轧过的车印。从那时候起，他最大的理想就是自己要造一辆汽车。

为了实现摆弄汽车的愿望，小学毕业后，本田宗一郎就应聘到一家汽车修理厂做帮工。从一名修理工做起，他虽然出身寒微，文化很低，但立下雄心壮志，将来要当闻名世界的企业家。长达6年的帮工生涯，使他全面掌握了汽车的修理技术。

后来，本田宗一郎开办自己的公司生产摩托车、汽车，几经挫折，惨淡经营。因痛感自己学识浅薄，就去大学夜校当旁听生；本田宗一郎爱动脑筋，钻研起技术来常常废寝忘食；终于成为闻名天下的“摩托大王”“汽车大王”。被现代工业界誉为“亨利·福特以来唯一的最杰出最成功的机械工程企业家”。他的公司独占世界摩托车1/4的市场，跻身于日本车业界前三名的行列。

男孩当自强

理想就是我们所说的“志”。有人说，“理想是沙漠中的绿洲，是黑夜里的灯光，是吹响生命的号角。”一个人有了远大的理想，就有了奋斗目标，人生才会更有意义。一个人有了理想，生活就会充满希望，生命就会闪光。反过来，一个人没有理想，生活就会失去光彩，生命就会枯萎。

不停地向着自己的理想迈进，才能离自己的人生目标越来越近。当然，理想也绝不是转眼之间便可以实现的。只有从最基本的地方做起，循序渐进地朝着目标行进，才会慢慢地接近它、实现它。

美国作家、哲学家亨利·戴维·梭罗说：“如果你信心十足地朝着自己的理想前进，尽力按照自己的设想去度过一生，就会得到平常情况下料想不到的成功。”是的，在前进的道路上会有障碍，但是，如果我们一心一意去想办法解决难题，每一个障碍就能够成为我们变得更加自信的标志。所以，除了达到目的、实现自己的理想之外，不要给自己留下其他出路。正如种子不经过在泥土中的挣扎、奋斗，它将永远只是一粒种子，而不可能发芽、成长为一棵大树一样，通往理想之巅的道路不是一帆风顺的，也许会遇到很多挫折，历经不少磨难。但是，如果战胜挫折和磨难，我们的前面就是光辉的顶点。

4 卡莱尔不向命运低头

人物小传

托马斯·卡莱尔（1795—1881），苏格兰的评论家、讽刺作家、历史学家。他的作品在英国维多利亚时代非常具有影响力。主要作品有《法国大革命史》、《论英雄、英雄崇拜和历史上的英雄业绩》、《过去与现在》等。

成长故事

卡莱尔经过多年的艰辛耕耘，完成了《法国大革命史》的全部文稿。他将这本巨著的底稿全部交给自己最信赖的朋友史学家米尔，请米尔提出宝贵的意见，以求进一步修改完善。

没过几天，米尔脸色苍白、上气不接下气地跑来，万般无奈地向卡莱尔说出一个悲惨的消息：卡莱尔的《法国大革命史》底稿除了少数几张散页外，其余全部被他家里的女佣当做废纸，丢进火炉化为灰烬了。

睿智箴言

我们没有能力去阻止已经发生的事情，但我们却有能力去改变已经发生的事情对我们现在生活的影响。接受已经发生的，改变可以改变的。（托马斯·卡莱尔）

这个突如其来的灾难性的消息使得卡莱尔非常沮丧。因为当初他写完后没有留下任何资料，自己花了几年的时间呕心沥血撰写的这部《法国大革命史》，没有留下任何可以挽回的记录。但是，卡莱尔并没有就此消沉，几经挣扎后，他还是重新振作起来。他平静地对他的朋友说：“这一切就像我把作业本拿给小学老师批改，老师对我说：‘不行！孩子，你一定要写得更好些！’”

于是他又买了一大沓稿纸，开始了又一次呕心沥血的写作。今天，我们读到的《法国大革命史》，便是卡莱尔第二次写作的成果。

男孩当自强

老子说：“天地不仁，以万物为刍狗。”意思是说，天地无私，在天地看来，万物都是一样的，没什么区别。自然界中频繁发生的洪水、干旱、冰雹、雷电、地震、海啸等灾难，不过是宇宙运动中的一些自然现象。但对人类而言，往往是灾难。民间有俗话说，“天有不测风云，人有旦夕祸福。”灾难和打击说不上什么时候就降临到我们的身边，当灾难和打击来袭的时候，我们有理由哭泣，但是，面对各种灾难和打击，我们必须选择勇敢。如果我们采取懦弱的态度，那么灾难就真是灾难了，我们就无法抬头了。可是如果我们坚强地站起来，那么灾难也就结束了。既然我们无法阻止灾难的到来，那么就让我们坚强一点去结束突如其来的灾难吧。要知道，只要我们的内心足够强大，那么面对困难和打击时才能经受住考验！只要我们能够从头开始，生活中就不存在绝望。

英国作家大仲马说过：“自信和希望是青年的特权。”在灾难和打击面前，更多的应该是勇敢地站起来，别再怨声载道，别再哭泣，用微笑用自信去对待它，要相信明天会更好。困难是成长的阶梯，而不是苦恼的根源；打击是前进的动力，而不是倒下的借口！

无数的历史事实告诉我们：没有忍受过饥饿的折磨，就不知道一粒米的珍贵；没有经历过严寒的考验，就不知道温暖的含义。所以，当苦难来临时，一些温室里的花朵，经不起风雨，被小小的挫折打倒了。学会自强！学会成长！无论遇到什么困难，我们都要运用自己的智慧与勇气来迎接命运的挑战。上帝给了我们生命是让我们在人世间开创属于我们自己的一片天地，只有不向命运低头，那片天地才是我们的。

5 祖冲之一生只做一件事

人物小传

祖冲之（429—500），出生于我国南北朝时期一个小官员家庭。杰出的数学家、科学家。在世界数学史上第一次将圆周率（π）值计算到小数点的后六位，即3.1415926到3.1415927之间。他将自己的数学研究成果汇集成一部著作，名为《缀术》。

成长故事

祖冲之七八岁的时候，父亲望子成龙心切，便逼着他背诵《论语》。但祖冲之对学习古文没有兴趣，好几天的时间过去了，祖冲之连一页书都没背下来，气得父亲把书摔在地上，伸手就给了他一巴掌："你真是个笨蛋啊！没想到你这样没出息！"父亲对儿子背不好古文不甘心，他把祖冲之叫到跟前，跟他讲读经书的用处："你要是用心读经，将来就可以做大官。不然，就没出息。"祖冲之也想读经书，可怎么也学不进去，越读越厌烦，父亲也是越教越生气。最后，祖冲之终于和父亲摊牌，他愤愤地告诉父亲说："这经书我读着实在没意思，我不想再读了。"父亲听了他的话，气得忍不住就要打他："不读经书，一辈子就不会有出息。"这时，祖冲之的祖父来了，了解情况后，祖父告诉父亲："经书读得多也不一定就有出息，读得少也不一定没有出息。有人满肚子经书，却什么事也不会做！孩子读经书笨，说不定干其他事灵巧呢！”父亲觉得祖父的话有道理，便决定不再把祖冲之关在书房里念书了，而是让祖父带着他多到外面开开眼界，长长见识。

> **睿智箴言**
>
> 古人对的应当相信，错的应该改正，盲目地信古迷今，是错误的。（祖冲之）

祖父是管理朝廷建筑的官员，祖家历代都对天文历法素有研究，跟着祖父，祖冲之有机会接触到天文、数学知识。慢慢地，祖冲之迷上了天文和数学，祖父也很支持他，给他找出家里的一些天文历法书籍读。祖冲之对这类书爱不释手，很是喜欢，经常废寝忘食地学习钻研。有不懂的地方就去问祖父，父亲也开始支持他，祖冲之对天文历法的兴趣越来越高。十多岁的祖冲之就开始研究天文历法。后来，他终于成为一名杰出的科学家。他推算的圆周率和密率值要比欧洲早一千多年。他编制的《大明历》首先考虑到岁差问题的计算，对于日月运行周期的数据比当时的其他历法更为准确。

男孩当自强

不是所有的人事事都能做得很灵巧，人的一生也不可能把每件事都做好。这件事做不好，但可能别的事做得很好。成长中的孩子，这件事上没出息，另一件事上可能会有所作为，正如祖冲之的祖父所说：“孩子读经书笨，说不定干其他事灵巧呢！”

其实一个人的“笨”和“灵巧”都是相对的。比如，有的人文科学得好，理科学得一般；有的人文化课学得一般，但体育却很好；有的人记忆能力好，有的人理解能力强……我们不能说哪一个笨哪一个聪明。

法国伟大的启蒙思想家、哲学家、教育家卢梭说："只有儿童本人有兴趣和愿意获得的那些知识，才会巩固而长久地保持在他的记忆中。"所以，这其中的关键是我们是否感兴趣，是否主动去学习，是否自愿去做。我们感兴趣的事情就会用心钻研用心琢磨用心思考，就能够做得很"灵巧"，做得"灵巧"，才可能在这件事上有所成就。

励志大师陈安之说："做自己喜欢做的事，然后把它做到最好！"微软公司创始人比尔·盖茨也曾说："想做事的人永远在找方法，不想做事的人永远在找理由；世界上没有走不通的路，只有想不通的人。成功开始于想法，但是，只有想法，却没有付出行动，还是不可能成功的。"人生的路有千万条，但是，最愿意做的、最喜欢做的、最擅长做的，才离实现的目标最近。所以，选择我们内心最愿意做的事情，时刻追随我们自己的内心。

成功，就是做真正的自己，就是要发自内心地喜欢那件事，然后积极地去做，脚踏实地地做，就是把自己想做的事做到最好。更深入地说，如果能够把一件事做到极致，那么我们就能得到成就更大事业的机会。所以，最为关键的是，男孩要追随自己的心，做自己想做的，这才是男孩实现人生目标的必然之路。

6 狄更斯追求作家梦

人物小传

查尔斯·狄更斯（1812—1870），出生于英国一个海军小职员家庭。19世纪英国最伟大的小说家之一。他凭借勤奋和天赋创作出一大批经典著作，对英国文学的发展起到了深远的影响。主要作品有《匹克威克外传》《雾都孤儿》等。

成长故事

少年时期，狄更斯的梦想就是当一名作家，然而因为家境艰难，自己学习都受到影响，要实现这个梦想又谈何容易。10岁时，父亲因为无力偿还债务而被投入监狱，狄更斯身为家中的长子，只好放下自己最喜欢的书本帮助妈妈养家糊口。11岁时，狄更斯费尽周折找到了一份给人贴油鞋底标签的工作，以此来接济一家人的生活。为了节省家中的开支，母亲带着弟妹们到监狱里和父亲同住，狄更斯在每星期领到薪水后，就会带着钱或食物去父亲那里探视。那些艰苦的日子使狄更斯深切地感受到了穷苦人生活的不易，也因此他对穷人、对被迫害者充满了同情。

后来，父亲走出监狱，并得到一小笔遗产，狄更斯这才有机会到学校去读书。可是因为父亲不会料理生活，家中那一点钱很快就被用光了，狄更斯又不得不辍学，继续为养家糊口而奔波。他做过律师的书记、事务所的送信工、法院的速记员、报纸的采访员，工作辛苦劳累，但也勉强糊口。在体味到生活艰辛的同时，也积累了宝贵的写作素材。

稍大一些，狄更斯就离开家庭出外做工。为了省钱，和别人租住在

睿智箴言

顽强的毅力可以征服世界上任何一座高峰。（查尔斯·狄更斯）

一间房子里。白天，他拼命地工作，晚上，他不停地写作。为了不让同住的人看到自己往外寄稿子，免得遭人嘲笑，他总是趁深夜时悄悄地溜出去寄稿子。因为文化太低，稿子不对路，他的稿子一个个地被退回来。如此多次反复，使得狄更斯很失望，但他一直坚持着。终于有一天，他接到一个编辑的来信，信的内容很简短："你的文章我们非常喜欢……年轻人，坚持下去，相信你一定会成功的。"

这是几年来他的写稿生活中第一次接到编辑写来的回信，受到这封信的鼓舞，狄更斯更加努力地写作，多年后，他终于成为一代文学巨匠。

男孩当自强

也许那位编辑从来没有想到过他的那封短信会起到多大的作用，也许他只是想鼓励一下这个文学爱好者，然而正是这封信改变了查尔斯·狄更斯的一生。

哲学上讲外因是变化的条件，内因是变化的根据。编辑的信给了查尔斯·狄更斯以信心，但更关键的是查尔斯·狄更斯本人，不管条件多么艰苦，生活多么艰难，不管自己接到过多少次退稿，他从没有中断过自己的作家梦。古人说："锲而不舍，金石可镂。锲而舍之，朽木不折。"忍耐和坚持虽是痛苦的事情，但却能为我们的梦想带来意想不到的结果。在今天这个充满竞争的社会，梦想起着非常重要的作用。甚至可以说一个人如果没有梦想，就无法在这个社会上立足。

人生中最值得我们期待的事是什么？是梦想成真。可以说，梦想成真是所有人最美好和最真切的期待，是亲人友人最好的祝愿。梦想是什么？梦想即是一种坚持，一种态度，一种向往有所成就的实实在在的行动。从我们懂事的那一刻起，我们就怀揣着各种各样的梦想，而且都想把自己的梦想变成现实。是梦想帮助我们跨越了一个又一个困难，让我们实现了一个又一个愿望！因为有了梦想，所以人们会为实现自己的梦想去努力！

人因有梦想而伟大，人因实现梦想而精彩，但关键是要为实现自己的梦想而努力。在这个世界上，谁有历经千辛万苦的意志，谁就能达到目的。只要我们付出足够的努力，不是尽力而是竭尽全力，就没有什么事是做不到的。如果我们竭尽全力了，我们就能够梦想成真。

7 林奈的梦想有神助

人物小传

卡尔·冯·林奈（1707—1778），出生于瑞典的斯科讷地区，瑞典自然科学家，现代生物学分类命名的奠基人。他的最大功绩是把前人的全部动植物知识系统化，摒弃了人为的按时间顺序的分类法，选择了自然分类方法。他创造性地提出“双名命名法”，这一伟大成就使林奈成为18世纪最杰出的科学家之一。

成长故事

幼年时，林奈受父亲喜欢园艺的影响，十分喜爱植物，经常对花草如醉如痴地观察研究，8岁时就有了“小植物学家”的别名。林奈经常将所看到的不认识的植物拿来询问父亲，他的父亲就一一详尽地告诉他。从父亲那里，他学到了许多植物学知识。

上学后，喜欢植物的林奈学习成绩相当差，因为经常受到老师的处罚，教室是最令他坐立难安的地方，他喜欢自然，想到森林中漫步，到小草中打滚……勉强地读到高中。一次期末考试，林奈的生物成绩全班第一，其他课程则是全班最后一名，老师认为他不会有出息，要求学校把他退学，林奈只好回家了。

幸好，生物课的代课老师是当地医学院的一名教授，他听说这个“小植物学家”竟被学校退学时，立刻向学校申请，再给林奈一个机会。他觉得林奈将来在植物学方面可能会有所作为，这样他又回到学校读书了。

高中毕业后，教授推荐林奈到了一所很好的大学。这位热爱植物的学生，无意中做了当时国际草本植物学权威史多贝宜斯的房客，史多贝宜斯教授发现林奈非常热爱植物学，而且学习非常勤奋，不但免了他的房费和伙食费，还教了林奈许多课堂上学不到的知识，更让他有幸阅读了大量的植物学著作。

睿智箴言

从所有东西中寻找奇迹，即使是最习以为常的事物。（卡尔·冯·林奈）

大学毕业后，林奈再到另一所大学深造，这所大学学费昂贵，正当林奈在为学习和生活费用犯愁时，一位植物学家觉得林奈的研究方向和思想很有前途，所以决定资助他，这使得林奈能够安心学习和研究他的植物学。走出校门后，林奈经过多年的学习研究，在植物命名和分类学上作出了突出贡献，成为现代生物学分类命名的奠基人。

男孩当自强

有梦想才有神助，这里最关键的是首先要有梦想。林奈在学习过程中，在遇到困难的时候总会得到别人的帮助，这是因为他对植物学的无限热爱，在植物学研究上不懈追求的结果。

有一则古老的寓言故事：在一个小山上，住着一位智慧老人。他能回答任何人提出的问题。一个聪明的小孩想要愚弄一下这位老人，便捉来一只小鸟，来找老人。小孩手里握着这只小鸟问老人："您是无所不知的智慧老人，那您知道吗，我手上的小鸟是死的还是活的？"老人不假思索地说："孩子，如果我说鸟是活的，你就会攥紧你的拳头把它捏死；如果我说鸟是死的，你此刻就会把手松开让鸟飞走。你知道吗？你的小手掌握着这只鸟的生杀大权。"这则故事给了我们一个伟大而平实的启示：我们每个人的命运都掌控在我们自己有能力的双手之中。这也正如哲学家萨特所说："一个人的命运就掌控在自己手中！"

要知道梦想皆有神助，神是谁，神是我们自己，所以，我们的命运全在自己。只有梦想，但不付诸行动，不为实现那个梦想去努力，那最后的结果只能是黄粱一梦而已。

每个人都握着失败的锁头，也都握着成功的钥匙。人生在世，每个人都有自己独特的秉性和天赋，都有自己独特的实现人生价值的切入点和方式，只要我们按照自己的禀赋发展自己，不断地超越自己心灵的绊马索，我们就不会忽略自己生命中的太阳，而湮没在他人的灯光里。只要我们是一粒充满活力的种子，终将突破泥土的埋没，继而开花结果。

8 以苦为乐的巴尔扎克

人物小传

奥诺雷·德·巴尔扎克（1799—1850），生于法国中部图尔城一个富裕的家庭，法国作家、法国小说家，被称为“现代法国小说之父”。父母曾希望他当个律师，但巴尔扎克不顾父母的反对，毅然走上文学创作道路。1831年出版的《驴皮记》获得成功，使他声名大振。

成长故事

巴尔扎克的父亲年近50岁的时候，娶了年方18岁的银行家的女儿，她就是巴尔扎克的母亲。巴尔扎克虽然是长子，但年轻的母亲不愿意看护他，所以，他出生不久便被送到别人家去抚养，几乎被父母遗忘，很少得到家庭的温暖。稍大一些他便被送到旺多姆教会学校寄读，过着极其严格的幽禁生活，学习制度古板而严肃，再加上巴尔扎克有些拙笨，教师对他冷漠而残酷，回到家以后也得不到父母的宠爱，有的只是接连不断的白眼和呵斥。

巴尔扎克对母亲先是害怕，后是冷淡，最后发展到憎恨，用他自己的话说：“我从来没有母亲，她实在太可怕了。”在这样的环境下，巴尔扎克在学校的学习成绩也不好，反应还显得有些迟钝。回到家里，因为和父母没话可说，他更是不愿意多说话，家里没有什么乐趣，巴尔扎克就去读书。用他自己的话说：“只有读书才能维持我的头脑活着。”

14岁的时候，巴尔扎克终于离开了那所冷漠无情的学校，随父母迁往巴黎。此时的巴尔扎克知道只有努力学习才能改变自己的一切，他以超人的忍耐力想尽一切办法完成了学业，并顺利地进入大学学习法律。

大学毕业后的巴尔扎克并没有去做律师工作，为了维持生计，20岁开始从事文学创作，发表了一些不太成功的剧本和小说。后来他又从事出版业和印刷业，皆告失败。商业和企业上的失败使他债台高筑，拖累终身，但也为他日后的创作打下了坚实的生活基础。

睿智箴言

苦难对于天才是一块垫脚石，对于能干的人是一笔财富，对于弱者是一个万丈深渊。（奥诺雷·德·巴尔扎克）

为了生活为了还债，巴尔扎克只得更多地写作。每天深夜12点，准时起床写作，一般他会连续写五六个小时，直到累到极点才会离桌休息。从半夜到第二天中午就这样一直工作，然后，从中午到下午四点阅读各种报刊杂志，五点用餐，五点半才上床睡觉。除了吃饭，巴尔扎克把所有的时间都用于工作和学习上了。即使成为著名作家后，他还是一直坚持这样做。

以苦为乐的巴尔扎克在他20余年的写作生涯中，写出了91部不朽的传世之作。在这些作品中，他一共塑造了2400多个不同类型的人物形象，给后世子孙留下了宝贵的艺术珍品。

男孩当自强

伟大的人物也有其幼时稚拙的过去，不是所有的伟人小时候都是聪明伶俐的，重要的是他以后会通过不懈的努力奋斗而获得成就。巴尔扎克就是这样的伟人，小时候显得有些拙笨，但成人后，勤奋工作，终于有所成就。

法国一位传记作家在介绍巴尔扎克时说：“每三天巴尔扎克的墨水瓶就得重新装满一次，并且得用掉十个笔头。”巴尔扎克每创作一部作品，总是将原稿和修改稿保存起来，最后装订成大厚本，作为珍贵的礼物，赠给知心朋友。这些修改稿的数量相当可观。倘使他写一部200页的小说，修改的稿子就相当于原稿的10倍。而人们都熟知，巴尔扎克一生为人间留下了160余种作品，其中《人间喜剧》就有96本，而且是在不到20年的坎坷艰辛的岁月里完成的。他每写一部，少则修改几遍，多则修改十五六遍。可以想象，巴尔扎克在自己的创作生涯中，灌注了多少心血。

没有今天的辛苦付出，哪有明天的美丽成就。人们只是看到了取得成绩的人的头上的光环，却没有看到他们的光环背后的辛酸历史。正如著名作家冰心所说："成功的花，人们只惊羡她现时的明艳！然而当初她的芽儿，浸透了奋斗的泪泉，洒遍了牺牲的血雨。"一切成绩都是由努力拼搏得来的。

另一方面，要有所成就，就要珍惜时间、爱惜时间，把时间都用在学习和工作上。时间就是财富，时间就是效率，时间就是生命，时间就是一切……自古以来，惜时爱时就是一种好习惯，是一种美德。"一寸光阴一寸金"，时间是无价之宝。

9 伊扎克·帕尔曼的勇气

人物小传

伊扎克·帕尔曼（1945—　），出生于以色列的特拉维夫，以色列著名的小提琴家。4岁时因患小儿麻痹症成为终生残废。自幼表现出酷爱音乐的天性，10岁上电台演奏，后进特拉维夫音乐学院学习。移居美国后进朱利亚特音乐学校，1963年首次在卡内基大厅举行独奏音乐会，1964年起与美国、欧洲主要管弦乐队合作演出。是当今世界上最引人注目的小提琴家。

成长故事

帕尔曼两岁半的时候，就能把收音机里听到的咏叹调的旋律完整地哼唱下来。三岁半的时候，从收音机里听到小提琴美妙的声音，他就央求家人给他一把小提琴。从此，帕尔曼就开始拉小提琴。可一年以后，他的双腿因小儿麻痹症瘫痪了。他成了残疾人，无法再站立起来演奏了。但是，帕尔曼太喜爱小提琴了，即使不能行动，也没能阻碍他的音乐天赋。9岁的时候，帕尔曼已经开始在音乐会上演出了。

后来，帕尔曼随妈妈移居美国。不久，他就受到著名小提琴家斯特恩的赏识，获得奖学金，进入美国著名的朱利亚特音乐学院学琴。

为了提高自己的演奏技艺，身有残疾的帕尔曼不断地参加更多的音乐会。14岁的时候，他就到一家酒店为客人演奏。每次人们吃完饭后，伴着服务员收拾刀叉的声音，就开始拉他的曲子了。客人们吃东西、喝鸡尾酒、吵吵嚷嚷，虽然演奏很不顺利，但就在这样的情况下，帕尔曼坚持了好几年，他的演奏技巧越来越成熟。之后，他又到一家音乐厅为人们演出，那里的人们是专门听演奏的，这对于帕尔曼来说是一种乐趣和享受。他娴熟的技巧无人能及，即使他演奏那些已经过时的曲目，也会让听众心旷神怡。

付出总有回报，多年的磨炼总算没有白费，人们开始注意这颗乐坛新星。帕尔曼也轻松地完成了在朱利亚特音乐学院的学业，他的演奏开始获得各种奖项，并成为当今世界上最引人注目的小提琴演奏家。

睿智箴言

小儿麻痹毁掉了我的双腿，但从来没能影响我的双手，上帝只帮助那些自助的人。（伊扎克·帕尔曼）

男孩当自强

帕尔曼曾经说过："小儿麻痹毁掉了我的双腿，但从来没能影响我的双手！" 帕尔曼幼年残疾，所以他能取得今天的成就，就更加令人不可思议。几乎所有伟大的提琴演奏家都是站着拉琴，他们可以用他们的全部身体来表现。而帕尔曼只能坐着拉琴，但仍能没有限制地把音乐传达出去，这是个奇迹！同样奇迹的是，帕尔曼有勇气面对所有的机场、酒店、音乐会舞台，这些都是帕尔曼要天天面对的，但所有这些场所的设计，从来都是为正常人设计的，从来没有考虑过像帕尔曼这样的残疾人，但是他勇敢地面对这些，取得了一个又一个让人惊叹的成绩。

对于人生来说，最重要的是拥有跟随内心与直觉的勇气，我们的内心与直觉多少已经知道我们真正想要成为什么样的人。用我们的胸怀来接受那些不可改变的事情，诸如，我们的长相不如人，我们的身体有残疾……但是，更要有勇气去改变那些可以改变的事情，"命"是父母给的，但"运"却是我们自己创造的。

所以，对于任何一种选择，勇气比什么都重要。有了勇气，我们可以在行动中建立起自信；有了勇气和自信，欲望和决心的实现就有了前提和基础；有了勇气、自信、欲望和决心，就能保持激情和热忱，坚强、刻苦、专注、执着于事业，就能磨砺出胸襟、见识、魅力、能力和智慧。

不论什么时候，都要相信伊扎克·帕尔曼说的话，"上帝只帮助那些自助的人。"不管我们是身体正常的人还是身体有缺陷的人，如果我们自己不能帮助自己，那就没有人来帮助我们，人生的一切都要靠我们自己。上帝是谁？上帝就是我们自己。

八、男孩自强，只有自强才能比别人强

自强，才能赢得别人的尊重和理解；自强，才能使我们立于天地之间。

1 被别人说“不行”的霍金

人物小传

斯蒂芬·威廉·霍金（1942— ），出生于英国牛津，毕业于牛津大学气象学专业，并获剑桥大学哲学博士学位。英国剑桥大学应用数学及理论物理学系教授，当代最重要的广义相对论和宇宙论学家，是当今享有国际盛誉的伟人之一，被称为在世的最伟大的科学家，还被称为“宇宙之王”。被誉为继爱因斯坦之后世界上最著名的科学思想家和最杰出的理论物理学家。

成长故事

在英国的伦敦，有个行动看似笨拙的男孩，他的学习能力不强，很晚才学会阅读，上学后在班级里的成绩也从来没有进过前10名，而且因为作业总是写得乱糟糟的很不整洁，而被老师认为是“无可救药”的孩子，同学们更是把他当成了嘲弄的对象。12岁的时候，他所在的班里有两个同学用一袋糖果打赌，说他永远不能成材，同学们还给他取了个充满讽刺意味的外号——“爱因斯坦”，他就是霍金。

随着年龄的增长，小霍金对万事万物如何运行开始产生了兴趣，他喜欢对事物追根问底，经常把东西拆散，然后再重新组装，但他却经常事与愿违地组装失败。面对这种“搞破坏”的行径，父母没有责罚他，相反的，父亲为了继续培养他在这方面的兴趣，为他充当了数学和物理学的“教练”。十三四岁时，霍金发现自己对物理学方面的研究非常着迷，他觉得物理是一门能够帮助人们解决从何处来和为何在这里的重要学科。他找到了自己前进的目标，开始了真正的科学探索。

可是，21岁时他不幸患上了“渐冻症”，因肌肉萎缩被禁锢在轮椅上，从此无法站起来，并且全身只有三根手指可以活动。43岁时又因病被彻底剥夺了说话的能力，演讲和问答只能通过语音合成器来完成。霍金被禁锢在一把轮椅上40多年，他身残志不残，使之化为优势。他克服了残疾之患，进行了大量的理论研究，而成为国际物理界的超新星。

> **睿智箴言**
>
> 我的手指还能活动，我的大脑还能思维；我有终生追求的理想，有我爱和爱我的亲人朋友；对了，我还有一颗感恩的心。（斯蒂芬·威廉·霍金）

1978年，他获得了物理界最有威望的大奖——阿尔伯特·爱因斯坦奖。1988年，他又荣获沃尔夫物理学奖。他的科普著作《时间简史——从大爆炸到黑洞》，以普通人能理解的方式为人们讲解了黑洞、宇宙的起源和命运、黑洞和时间旅行等，受到了全世界范围内的广泛欢迎。在不到10年的时间里，该书的发行量已超过2500万册，被译成几十种语言，创下了畅销书的世界纪录。

20多年后，当年那个毫不出众、被老师轻视、被同学嘲笑的小男孩真的成为了物理界一位大师级人物。

男孩当自强

不要在意别人对自己“不行”的评价。大画家梵高，终其一生，追求着没有人理解、没有人认可的印象派，在其死后，他的画价值连城。伽利略，一个年轻的天才数学家，创造了抽象数学分支，可终其一生，没有人理解和认可。孔子，创立了自己认为至理的儒学，倡导王道与仁术，可没有一位君王采纳其学说……但这些人仍不失为影响历史的伟大人物。

过于在乎别人的看法，是自卑和没自信的表现。自卑者总是一味地鄙弃自己，总觉得自己这也不行那也不行，什么也比不上别人。这种情感一旦盘踞心头，愁闷、懊恼、焦虑便纷至沓来，无论对待工作，还是看待人生都是意志消沉、万念俱灭。如此则失去了斗争拼搏、锐意进取的勇气。

霍金，一个坐在轮椅上，只有两根手指能动的人，却取得了如此辉煌的成绩。他的魅力不仅在于他是一个充满传奇色彩的物理天才，更因为他是一个令人折服的生活强者。他不断求索的科学精神和勇敢顽强的人格力量深深地吸引了每一个知道他的人。他被世人誉为“在世的最伟大的科学家”“另一个爱因斯坦”“不折不扣的生活强者”“敢于向命运挑战的人”“宇宙之王”。他说：“我的手指还能活动，我的大脑还能思维；我有终生追求的理想，有我爱和爱我的亲人朋友；对了，我还有一颗感恩的心。”他指出：“生活是不公平的，不管你的境遇如何，你只能全力以赴。”霍金不仅以他的成就征服了科学界，也以他顽强拼搏的精神征服了世界。

其实，有时候我们在意的不是别人，而是自己的内心。事实上，只要我们肯定自己，只要我们努力进取，只要我们获得成绩，相信我们收获的就是赞许的眼光。

当别人说我们不行时，我们不一定就不行，重要的是要坚信自己行，不要被自己打败了。

2 自强不息的布拉格

人物小传

威廉·亨利·布拉格（1862—1942），英国著名物理学家。现代固体物理学的奠基人之一。曾任澳大利亚阿德莱德大学及英国利兹大学、伦敦大学教授，1940年出任皇家学会会长。他曾和儿子——维克托利亚大学的威廉·劳伦斯·布拉格共同获得诺贝尔物理学奖。父子两代同获一个诺贝尔奖，这在历史上是绝无仅有的。

成长故事

布拉格小时侯家里很穷，在学校读书时，父母没钱给他买好一点的衣服和舒适的鞋子，他衣衫褴褛，拖着一双与他的脚很不相称的大大的破旧皮鞋，同学们都因此嘲笑他。但年幼的布拉格却从不曾因为贫穷而感觉自己低人一等，也不曾因父母不能为他提供优越的生活条件而心生埋怨。尽管那双破旧的皮鞋穿在他的脚上成为无数人的笑柄，可是他却一点都不自卑，而且无比珍视这双鞋，因为它对自己来说独具深意，能够带给他无限的动力。

原来，这双旧皮鞋是父亲的，贫穷的父亲不能为他添置一双舒适的新鞋子，就只好把自己的一双旧鞋子给布拉格，作为父亲，他只能做到这些，因此内心充满愧疚，但他将自己的殷切希望都寄托在上面，为儿子提供了无限的精神动力。父亲给他写了一封意味深长的信，信中这样写道："孩子呀，真抱歉，但愿再过一二年，我的那双皮鞋，你穿在脚上不再大。我抱着这样的希望，你一旦有了成就，我将引以为荣，因为我的儿子是穿着我的破皮鞋努力奋斗成功的。”这封包含着父爱与期望的信，就如一股无形的力量，它支持着布拉格在求学的道路上不断前进。

凭借着自己对梦想的不懈追求，通过顽强地拼搏，布拉格终于取得了很大的成就，成为世界著名的物理学家。

睿智箴言

你有一个好主意，你努力实现它；如果结果证实了你的想法，那么你就将这个结论作为更进一步的基础。（威廉·亨利·布拉格）

男孩当自强

自强不息，是我们的民族精神之所在，是我们这个民族历经磨难终于保存下来并不断强盛的动力。古人在《周易》中说："天行健，君子以自强不息。"意思是说：天的运动刚强劲健，相应于此，君子应刚毅坚韧，发愤图强。自强是一种优秀的品德，这种品德要求我们要有一种不懈努力、一息尚存就永不停息的高贵品质。

自强不息就是面对困难不低头，遭遇逆境不退缩，以积极乐观的态度面对人生。著名的政治家、英国前首相温斯顿·丘吉尔曾说："一个人绝对不可在遇到危险的威胁时，背过身去试图逃避。若是这样做，只会使危险加倍。但是如果立刻面对它毫不退缩，危险便会减半。决不要逃避任何事物，决不！"当我们遭遇挫折、陷入困境时，往往容易世事不公，或者抱怨，或者等待。然而总有那么一些人不会被境遇打垮，即使在最困难的时候，他们都能鼓励自己，积极乐观，积极准备，积极行动，向命运提出挑战。成长中的我们，要自强不息，不断地完善自己，永不停息地向更高更新的境界攀升！

德国人有句格言：“自强不息，乃幸运之母。”所有人的人生都不是一帆风顺的，都是要经过困难的洗礼。美国前总统西奥多·罗斯福说：“也许个性中，没有比坚定的决定更重要的成分。小男孩要成为伟大的人，或想日后在任何方面举足轻重，必须下定决心，不只要克服行进中的障碍，而且要在千百次的挫折和失败之后获胜。”获胜者的秘诀就是以积极的心态看待困难，经过磨砺之后，最终改变命运，站在人生之巅。

3 独一无二的原一平

人物小传

原一平（1904—1984），出生于日本长野县的一个富裕家庭。幼年时顽劣不羁，27岁进入明治保险公司，33岁业绩名列全国第二，36岁时业绩名列全国第一，45岁时再次夺得全国第一，而后维持了15年。73岁时，因努力提高保险推销员地位的卓越贡献，获日本政府最高殊荣奖。在日本保险业，他是一个声名显赫的人物。

成长故事

原一平是家中最小的孩子，所以备受父母宠爱。也因此他从小就不爱读书，喜欢调皮捣蛋，捉弄别人，打架、殴斗，甚至于老师教育他时，他竟拿小刀刺伤了老师。长大一些后，父母也管不了他，叛逆顽劣的性情使他恶名昭彰，无法在家乡立足。

23岁那年，原一平离开家乡，到东京闯天下，他想闯出个样子来让家

睿智箴言

对于积极奋斗的人而言，天下没有不可能的事。（原一平）

乡人看一看。结果第一份工作就上了当，被人卷走了他的钱，使他陷入困境。几年了，原一平还是一事无成。一天，他听说明治保险公司招聘员工，就揣着简历想谋一份糊口的工作。主考官瞟了一眼这个又瘦又小的家伙，觉得他实在不是干推销的料。于是劝他说："推销保险这份工作对你来说太困难了，你不能胜任。"听了主考官的话，原一平惊呆了，好半天回过神来，结结巴巴地问："何……以见得？"主考官轻蔑地说："推销保险很困难，你不是干这个工作的料。"

原一平被激怒了，他那股不服输的劲上来了，涨红了脸对主考官说："请问进入贵公司，究竟要达到什么样的标准？""每人每月10000元，这是最低标准。"原一平赌气地说："我一定能完成这个数目。"主考官轻蔑地瞪了他一眼，勉强地让他当了一名"见习推销员"。没有办公桌，没有薪水，在最初半年的时间里，他连一分钱的保险也没拉到。为了节省开支，他走路上班，中午不吃饭，租最小的房子，最后连这点钱也没有了，晚上只得睡在公园的长凳上。

然而，这一切都没有使原一平退却，他把应聘那天的屈辱，看做一条鞭子，不断地"抽打"自己拼命工作，为了不使自己有丝毫的松懈，他每天要对着镜子大声喊："全世界独一无二的原一平，我是干推销的料，我一定要成功！"

信心百倍的原一平每天精神抖擞地走在上班的路上，他不断微笑着和擦肩而过的行人打招呼。有一家公司的老板经常看到他这副快乐的样子，很受感染。当得知他是保险公司的推销员时，便投了他的保，原一平终于签下了生命中的第一张保单。从这一天开始，原一平的工作业绩开始直线上升。到年底统计，他的业绩远远超过了当时的许诺。公司的同事们顿时对他刮目相看，这一成功让原一平泪流满面，他对自己说："原一平，你干得好，你是好样的！”从此，原一平在保险行业创下了一个又一个的伟大业绩。

男孩当自强

原一平50年的推销生涯可以说是一连串的成功与挫折所构成的。他的一生充满传奇，曾从被乡里公认为无可救药的小太保，最后成为日本保险业连续15年全国业绩第一的“推销之神”。最穷的时候，他连坐公车的钱都没有，可是最后，他终于凭借自己的毅力，成就了自己的事业。他成功的背后，是用泪水和汗水写成的辛酸史，更是有一种不服输的精神支撑着他。

在美国迪士尼乐园里，一位美国母亲逼着自己很小的孩子坐高速缆车，孩子哇哇哭着往母亲的怀里钻，但被母亲无情地推开了。别人问她为什么要这样做，这位母亲说：“孩子如果没有这点胆量，他就不要做人！”诚然，面对成长过程中的困难、挫折和失败，有的人退却了，而有的人却迎难而上。退却的人得到的只能是更多的失败，迎难而上的人才能战胜失败。所以，无论在生活和学习中，无论我们的成长过程中遇到什么困难都不应该向困难低头，正如海明威《老人与海》中的桑提亚哥：“人生来就不是为了被打败的，人能够被毁灭，但是不能够被打败。”困难，压不垮我们的意志；挫折，摧不毁我们的精神；失败，打不倒我们的意志。遇到挫折时，应该要勇敢地面对，在困难面前迎难而上。成长中的我们需要一种不服输的精神，从小培养我们不服输的精神，多经受些挫折和失败，对于我们的成长与成才是非常有益的。我们有了这种不怕困难的勇气和精神，就有了征服困难的精神力量。

正如原一平每天对着镜子所喊的：“全世界独一无二的原一平，我是干推销的料，我一定要成功！”每个人在这个世界上都是独一无二的，大声喊出来，给自己信心和勇气。

有人说："当一滴水有了韧心，它可以滴穿石头；当一个人有了韧心，他可以开创自己的未来。" 原一平在穷困潦倒的时候，连坐公交车的钱都没有，可是，他不服输，他一直在坚持着不向失败和困难低头，"功夫不负有心人"，辛勤的耕耘终于结出了丰收的硕果。当困难压不垮他的意志，挫折摧不毁他的精神，失败磨不掉他的勇气，痛苦不能让他丢掉坚强，磨难不能让他放弃希望时，这个人就不会被打倒。培养我们的韧心，增强我们的勇气，坚持我们不服输的精神，我们就能成为有韧心的那滴水，我们就能滴水穿石。

4 徐悲鸿誓与洋人比高低

人物小传

徐悲鸿（1895—1953），生于江苏宜兴一个贫寒的家庭，自幼随父亲学习诗文书画。中国现代美术事业的奠基者，先后留学日本和法国，游历西欧诸国，之后回国教学。1933年起，先后在法国、比利时、意大利、英国、德国、苏联举办中国美术展览和个人画展。中华人民共和国建立后，任中华全国美术工作者协会（现中国美术家协会）主席、中央美术学院院长等职，成为杰出的画家和美术教育家。

成长故事

20世纪初，清政府的腐败无能和国内的落后现状使得许多西方人歧视中国人，他们看不起中国人。一些在海外的中国人也特别抬不起头来。青年时的徐悲鸿就是在那样的时代背景下出国留学的。

徐悲鸿在欧洲留学时，那里的许多洋人学生都看不起中国学生。徐悲鸿就曾受到一个洋人同学的挑衅。那个洋人同学当着徐悲鸿和几个中国同学的面说："你们中国人愚昧无知，生来就是当亡国奴的料，别说上我们这里留学，即使送到天堂深造，也成不了才！"见这个洋人同学如此傲慢无理，徐悲鸿义愤填膺地站起来回敬道："那好，从今天开始，我代表我的祖国，你代表你的国家，我们比一比，等学习结业时，看到底谁是人才，谁是蠢材！"为了给中国人争一口气，徐悲鸿更加刻苦学习。一年之后，徐悲鸿的油画受到学校所在国的艺术家的好评，而且在数次竞赛中，他都名列第一，他的个人画展，轰动了整个城市，——欧洲的文化艺术中心巴黎的美术界。这样令人惊叹的成就，是那个洋人同学当初所没有想到的，也是他远远不能及的。那个洋人同学只好主动地向徐悲鸿道歉。徐悲鸿用自己的行动和卓越的成绩维护了中国人的尊严，向世人证明了中国人的能力是绝不可小视的。

徐悲鸿在艺术的道路上不断地求索着、进取着，他终于成为世界著名的画家，成为中国现代美术的奠基者。

睿智箴言

学艺之道无它，锻炼意志第一。（徐悲鸿）

男孩当自强

自尊自信是一个人成才与成功的重要条件。自信，是一个人品德、气质的基础，是做人最起码的原则。只有自信的人，才会有自尊；而一个人有了自信、自尊，才会自我约束，积极进取，才会维护自己的声誉，珍惜自己的人格。

自尊自信是人不断进取的阶梯，是促使人奋发进取的心理因素，它能使人产生巨大的力量。这种催人向上的力量，既是一种强大的驱动力，又是一种强大的自我约束力。可以说，人的一生任何成绩的取得，都是伴随着自尊自信的。古今中外，凡是有成就的人，无一不是以良好的自尊为先导的。自尊自信的人，能够奋发向上，自强不息，在挫折与失败中奋起。

徐悲鸿说："人不可以有傲气，但不可以没有傲骨。"是的，有傲气的人，往往会自命不凡，认为自己能干，比别人高出一等，从而目中无人。这容易使人失败。但傲骨则不同，什么是傲骨呢？就是应当有志气，有自信心，有顽强不屈的性格。人生的道路是坎坷不平的，失败和挫折随时会降临，冷眼、讽刺也会随之而来。对待这些，是唉声叹气地把原因归于"自己的天赋不足"，从此一蹶不振呢？还是不怕嘲讽，找到原因，迎难而上呢？这就要看是否有"傲骨"。自信是成功的第一步，有傲骨，有信心的人，失败后并不气馁，相反，会在新的基础上不断地探索。

让我们抬起头挺起胸来，展示给世人峥峥傲骨。"抬起头来"意味着对自己、对未来、对所要做的事情充满信心。任何一个人，当他昂首挺胸、大步前进的时候，在他的心里一定有诸多的潜台词——"我能行""我的目标一定能达到""我会干得很好的"。

5 马锦在挫折中奋起

人物小传

马锦，明朝人，当时南京著名戏院兴化部的一名演员，后成为著名的西域少数民族戏曲表演艺术家，因表演精彩享誉天下。又称马伶，明末才子侯方域曾专门写过《马伶传》，记述马锦的演艺生涯。

成长故事

马锦从小就喜欢戏曲表演，长大后投身戏班兴化部当了一名演员。他多才多艺，经过多年的努力，他的演技获得很大的提高，戏演得很好，在戏剧界小有名气。

一次，有个富商过生日，招了两个戏班来演对台戏，马锦在东台，另一个戏班的李姓演员在西台，同时演出当时的一个名剧《鸣凤记》。该戏写的是奸相严嵩残酷迫害与之坚决斗争的忠良杨继盛，最后将其置之死地的故事。马锦和姓李的演员在戏中都饰演主要角色严嵩。演到关键时刻，东台的观众都跑到西台那边去了，原因是西台姓李的演员演严嵩演得很像。没了观众，马锦的戏无法继续演下去，只好草草收场。

没有同行演员演得好，马锦实在不甘心，于是，他离开戏班，为了演好严嵩，他隐姓埋名，换上便装，悄然地来到京城，投入当时的宰相家里做仆人。他在相府当仆人一当就是三年，这期间，他细心体验生活，每天注意观察宰相的言行举止，终于掌握了宰相的气质和神韵，对于权贵的奸

睿智箴言

比别的同行演得不好，我以为可耻。（马锦）

诈、横暴、骄奢有了亲身的体会。于是，他重返南京，再与姓李的演员对台演那出戏。

结果，这次马锦把严嵩演得活灵活现，惟妙惟肖，入骨三分，演出获得很大的成功，那位李姓演员看了都惊讶失声，不得不甘拜马锦为师。

男孩当自强

人生的路是坎坷的，人生的路是崎岖的。挫折和失败是我们每个人所必须经历的，马锦这种在事业上不甘落后，从现实生活中汲取营养，在艺术上力求精深的精神，值得我们每一个人学习和仿效。

人生就是一个和挫折、失败抗争的过程。挫折、失败来临时，抗争了，我们可能就重新获得胜利；如果默认了，我们也可能从此就消沉下去。巴基斯坦人说："不抗争而活，是耻辱；不抗争而死，是懦弱；抗争而生，是光荣；抗争而死，也是甘心的。"人生就是要抗争！与病魔抗争！与逆境抗争！与命运抗争！与失败抗争！在抗争中奋斗，在奋斗中实现理想！

《挫折是人生最好的礼物》一书中说："没有人能给生活贴上永久顺利的标签，但不同的人面对困境的态度却各有不同。懦者尽尝烦恼，度日如年；畏者胆怯不前，锐气尽失；志者自强不息，在困境的荒野上开垦孕育出一片最有前景的沃土。"书的作者指出："人生的风雨是立世的箴言，挫折是人生最好的礼物。逆境并非绝境，人生虽非尽是坦途在前，但也绝不可因一点小障碍而放弃走路，要知道障碍过后，对于经历坎坷的脚来说，路会一点点变得平坦起来，历史告诉我们，英雄豪杰都是历经挫折才走向人生巅峰的。"

所以，正确认识人生路上的挫折，并且要做好直面挫折的心理准备，以积极的态度应对成长过程中的挫折与逆境，这是我们青少年成长过程中所必须学习和掌握的一课。

6 强者奥里森·马登

人物小传

奥里森·斯韦特·马登（1850—1924），出生于美国一个贫穷家庭，美国大师级人文励志作家，一生著述70多部，影响了全世界几代人的成长与成功，其作品是后面的潜能大师和成功学作家的必读范本，至今流传。代表作有《生而为赢》、《快乐的源泉》、《纯洁之美》等，每本都深受各国青年喜爱。他被公认为是美国成功学的奠基人和最伟大的成功励志导师，成功学之父。

成长故事

奥里森·马登出生于一个贫穷家庭。更不幸的是，3岁时母亲去逝，7岁时丧父。没法生活的他，只好到当地一个富裕的地主家当童工，为人家放猪种地干杂活，每天要工作14个小时以上。他没有同龄的朋友，还要受到主人家孩子的嘲弄和虐待；没有长辈的关爱，还要忍受主人的责骂和皮鞭。他先后换过5个主人，但情况依然如故。这一干就是七八年。这期间，他受尽了苦和累。

14岁的时候，有一天，他收拾主人家的旧物时，在杂物堆中发现了一本盖着厚厚尘土的书，他把书拾起来，擦去尘土，原来是作家斯迈尔斯的《自助》。他如获至宝，每天休息时就读几页，从书中他领悟到人完全可

睿智箴言

付出我们自己的最大好处是，我们得到的永远比我们付出的多。反作用大于作用。（奥里森·斯韦特·马登）

以从自身的环境中奋起的道理。他想到了自己，如果就这样下去，永远不会有出头之日，于是，他果断地辞去工作，从此寻求自立。他一边做工，一边学习，先后在新伦敦学院、波士顿大学、哈佛医学院接受教育并获得学位。

为了改变自己的命运，他曾开设饭店和饮食俱乐部，购置宾馆和房产，成了著名的商人。可是他的生意因天灾而受挫，但他并没有就此消沉，他转而将全部精力用于励志书的写作。没想到一场大火，将他5000多页的书稿和房子付之一炬，但这样仍没有动摇他向前的意志和决心。终于他的书出版了，受到读者的空前欢迎，并被翻译成数国文字。在此基础上，他又创办《成功》杂志。凭借这一阵地，遍访无数名人，总结成功规律，宣传“任何一个普通之人都可以变得非凡伟大”的信条。奥里森·马登终于成为著名的人生励志大师，显示了他作为强者的力量。

男孩当自强

英国物理学家威廉·汤姆逊曾说过：“我坚持奋斗五十五年，至力于科学的发展，用一个词可以道出我最艰辛的工作特点。这个词就是失败。”其实，这种奋斗中的失败才是一切成功之士登上顶峰的阶梯。孔子周游列国，四处碰壁，乃悟出《春秋》；左氏失明后方写下《左传》；孙膑断足后，终修成《孙膑兵法》；司马迁蒙冤入狱，坚持完成了《史记》……伟人们在失败和困顿中，绝不屈服，立志奋斗，终于达到成功的彼岸。美国历史上最伟大的总统之一林肯也是在奋斗中走出困境，最终达到理想的典范。他似乎一生一直是面对失败。八次竞选，六次失败，还经历了一次精神崩溃。一次次坎坷和失败，一次次失意和失落，他并没有退缩，没有当孬种！他立志为自己的理想奋斗到底。最后，功夫不负有心人，林肯终于成为美利坚合众国的总统。

人的一生不可能不遭遇失败，但每次失败都附带着等值的成功的种子。因此，我们应当正确地看待失败。面对失败不要悲观，不要气馁，不要沉浸在沮丧和痛苦之中，要从失败中吸取教训，找到失败的根源，寻找反败为胜的机会，一切重新开始。当然，这需要我们必须做生活中的强者。

人生之路尽管崎岖坎坷，满是荆棘，但我们要学会咬紧牙关走过。不要害怕风雨，漫漫人生，只有风雨永远和我们同路。美国哲学家詹姆斯说过："当你敢于承认既成现实，并且敢于接受已经发生的事情，就是能克服随之而来的任何不幸的第一步。"不幸既然已经来临，那你是无法躲避的，唯一的办法就是正视它，用我们的坚强来战胜一切困难，正如一位哲人说过："真正的强者是用微笑来迎接命运的打击，用自信的勇气来应付一切不幸的。"

7 福井谦一的坚持

人物小传

福井谦一（1918—1998），出生于日本奈良县的一个职员家庭，日本理论化学家。家境富裕的福井谦一自幼便受到良好的教育，中学时他对化学不感兴趣，读大学时却选择了自己不喜欢的化学，并把化学作为终身的专业。1981年获得诺贝尔化学奖，他是第一位获得诺贝尔化学奖的日籍科学家，同时也是亚洲第一位诺贝尔化学奖得主。

成长故事

福井谦一是家里的独子，因为家境殷实富有，父母都受过良好的教育，所以父母对他寄予了厚望，希望他能有一番作为。可是福井谦一上学后学习成绩很一般。特别是化学成绩更不尽人意，多次考试不及格。一次，福井谦一的化学测验又不及格，为此他实在不知道该怎样去面对父亲，他连家都不想回，在马路上转了好几圈，左思右想之下，他觉得自己不是读书的料。于是他决定干脆向父亲摊牌，提出自己不想读书了。

父亲听了他的话，先是一愣，而后深思良久，然后告诉儿子："无论你将来做什么，都必须要读书。不读书，没有文化，那就什么事也干不成。"见福井谦一不说话，父亲继续耐心地开导他说："一个人无论做什么事，都会遇到挫折。遇到一点困难就退缩，那就永远也不能进步。必须勇敢地去面对困难、克服困难，才能真正地超越困难，成功自己。"最后，父亲叮嘱福井谦一："孩子，你要记住——没有比人更高的山，没有比脚更长的路，只要向前走，我们就能成功。"

父亲的一番话深深地打动了福井谦一，他意识到自己确实不该放弃读书。他收回了不去读书的想法，从此，更加努力地学习。

福井谦一开始重新规划自己的学习，他制订了学习计划，安排好了自己的时间，决心从头开始补起。他把自己最不好的化学科目的课本都找出来，从头学起。经过半个学期的努力，初见成效，他的成绩一点点上升。曾经几度不及格的化学，竟然成为他的优势学科，而且他还获得了参加化学竞赛的权利。多年后，福井谦一成为一名著名的化学家，并于1981年获得诺贝尔化学奖。

睿智箴言

学习与思考对于学问就像飞鸟的双翼，缺一不可。（福井谦一）

男孩当自强

没有比人更高的山，没有比脚更长的路。山高，路远，但只要我们坚持就可以到达。福井谦一并不聪明，多次考试不及格，受过挫折，有过失败，也有过退却，但他坚持了下来，坚持使他成为世界著名的化学家。敢于面对失败的人，才是生活的强者， 失败并不可怕，可怕的是认输，困难挡不住勇者的脚步。许多人的人生之路都是这样，挫折和磨难总是与人相伴的，挫折、磨难只不过是个过程，最终都会被自信、坚持和执着所战胜。

没有什么比坚持更重要。很多年前，英国牛津大学举办了一个“成功秘诀”讲座，曾任英国首相的丘吉尔应邀发言。他说：“我的成功秘诀有三：第一是，决不放弃；第二是，决不、决不放弃；第三是，决不、决不、决不放弃！”“决不放弃”就是坚持、坚持、再坚持。

《诗经·大雅》有云：“靡不有初，鲜克有终。”意思是说事情都有个开头，但很少能到终了。告诫人们为人做事要善始善终。如何做到善始善终？唯有坚持。无数事实表明，立志容易践行难。选择走哪条道路，也许只需要一秒钟的思考；要在选择的道路上做出成绩，却需要一辈子的坚持。 人生选择贵在坚持，难在坚持，唯有坚持不懈、坚韧不拔，才能无愧于我们当初的选择。

太阳每天从一个地方升起，但人生不能总在一个地方徘徊，拥有逆境，便拥有一次创造奇迹的机会。人生路漫漫，多有崎岖坎坷。山高路远，但山的高低，路的长短，完全取决于人的双脚。只要执着地、永不放弃地走下去，我们就会踏平坎坷，在美好的人生之路上走得很远很远。

8 塞缪尔独闯社会

人物小传

马库斯·塞缪尔（1853—1927），出生于英国贫困的伦敦东区的一个犹太人家族。他小时候就与父亲一起贩运用贝壳做的首饰盒等生意，后来又做煤炭和石油生意，他的公司就是皇家荷兰壳牌集团公司的前身。马库斯·塞缪尔后来当选伦敦市长，荣幸地成了比尔斯特勋爵。

成长故事

有一个犹太孩子，出生于一个世代经商的犹太人家庭。13岁那年，他看到世界石油大亨洛克菲勒的石油大厦，看到洛克菲勒的大航船在海上不可一世的时候，他说出了让众人震惊的豪言："我一定要开创一番伟业，成为和洛克菲勒一样的大富翁！"听到他的话的人都觉得这个少年实在是太张狂了。因为当时的洛克菲勒是世界上最富有的人，他已经在北美建立了自己的石油王国，独霸着整个世界的石油市场。而这个13岁的小孩子，不过是在海边拣贝壳、有时候和父亲倒卖贝壳的小商贩。再看这个孩子相貌平平，丝毫没有什么出众的地方，他的话不过是夸夸其谈而已。

孩子生长在海边，所依靠的只有贝壳，于是他就和父亲把贝壳装饰到箱包上面，再把箱包运到伦敦销售。后来他自己经营了，就和他的表兄弟扩大贝壳的生意。这个时候他发现，石油行业蕴藏着巨大的商机。于是他拿出自己的积蓄，闯荡到远东，然后到达日本，发现这里的能源异常短缺，而远东大陆的煤炭却因为卖不出去而堆积如山。他把远东的煤炭运到了日本，获得了很高的利润，自此，他开始了发迹历程。

他没有忘记自己少年时的豪言，于是开办了一家石油公司，并要和洛克菲勒争雄。他也没有忘记自己是捡贝壳出身的，于是他把自己的石油公司就叫做“壳牌石油公司”。

经过多年的打拼，这个贫穷的小子终于开创了自己的石油帝国。他就是壳牌石油公司的鼻祖马库斯·塞缪尔。如今，皇家荷兰壳牌集团已经是世界最大的石油公司之一。

睿智箴言

我一定要开创一番伟业，成为和洛克菲勒一样的大富翁！（马库斯·塞缪尔）

男孩当自强

许多犹太人都是很早就离开家庭到社会上闯荡，自己创业的，他们中大部分在十五六岁就走出家门，还有的在八九岁的时候就开始自己的尝试。这些很早就离开家门的人，很多都在后来开创了自己的事业，成为家族事业的开创者。

传承千年的犹太人智慧圣经《塔木德》一书中说：“如果一个犹太人完全与一切世事脱离，只是用功学习10年的话，10年后他就不能向神祈求宽恕了。因为不管你把学问做得多好，把自己与社会隔开，这本身便是罪恶。”所以，犹太人的孩子很小的时候就到社会上闯荡，他们都经历了许多的坎坷和磨难。正如只有经过泥泞的道路才会留下脚印，他们的坎坷和磨难成就了他们的人生。所以，从这一点来说，别太多地抱怨，因为抱怨也无济于事。挺直我们的脊梁，挺起我们的胸膛，坚强而勇敢地到社会中去闯荡，胜利更容易光顾经受无数磨难和艰辛的人。

今天，许多孩子都是独生子女，一些孩子二十多岁了还生活在父母的翅膀下，自己什么事也做不了，什么事也不想做，一切靠父母，成了“啃老族”！ 要知道，总是生活在父母的羽翼下，我们永远是一只小鸟，永远成不了翱翔于天空的雄鹰。只有自己去闯荡，才能积累更多的经验，才能让自己的翅膀坚硬起来。

是的，在社会上闯荡很不容易，但是，不能因为不容易我们就畏缩不前，不能因为不容易我们就一切都靠别人，要相信鲁迅说的话：“其实地上本没有路，走的人多了，也便成了路。”只要勇于闯荡，就能够走出一条康庄大路。

九、男孩自强，有个性才会更有张力

有时，世上所谓的坏孩子只是在一般人的眼里有些与众不同罢了。坏孩子也许会更成功。

1 倔犟的叶利钦

人物小传

鲍里斯·尼古拉耶维奇·叶利钦（1931—2007），生于俄罗斯斯维尔德洛夫斯克州一户贫困的农民家庭。贫寒的家境，艰苦的童年生活，培养了他倔犟好斗的性格，曾历任苏共中央政治局委员、莫斯科市市长、苏联俄罗斯联邦最高苏维埃主席、俄罗斯首任民选总统。

成长故事

叶利钦的童年和少年都是在艰难的环境中度过的。他的家里非常贫困，全家6口人挤住在一间破旧的小屋子里，家里只有一头农庄里分的奶牛，此外，就再也没有什么可称为财产的东西了。七八岁时，他就得帮母亲干家务、烧饭、洗碗、挑水、割青草、打干草、收庄稼，照顾两个年幼的弟弟妹妹。

贫寒的家境，艰苦的童年生活，培养了叶利钦倔犟好斗的性格。叶利钦从小就有叛逆和冒险精神。10岁那年，和几个小伙伴偷偷地跑到苏军的弹药库，弄来了两颗手榴弹，正在左看右看拨弄时，手榴弹突然爆炸。叶利钦侥幸大难不死，但左手的两根手指却被炸掉了。还有一次打群架，他被打昏在地，伙伴们只好把他抬回家。

虽然叶利钦叛逆和爱冒险，经常做出让老师和家长担心的事情，但叶利钦在学习上非常刻苦认真，成绩也很好。而且他深受同学们的喜欢和拥护，在同学中有很高的威信。但是，他的老师却因为他的“多事”

和“满腹的鬼点子”“说事情常让老师无言以对，十分尴尬”而不喜欢他，说他是坏学生，甚至向学校提议开除他。

毕业考试时，叶利钦的各门功课考试成绩都非常优异。在毕业典礼上，同学们都恭恭敬敬地从老师手里领到自己的毕业证书。可叶利钦上台后却要发言，并且当众指出了班主任老师在工作中的缺点和失误以及教育方式上的不当之处。他的话使当时端坐在台上的班主任老师非常尴尬，也异常恼火。为此，学校没有给叶利钦发毕业证书，只发给他一张肄业证书。

睿智箴言

人应该像明亮的火焰一样生活，放出最大的光芒，最终火焰会熄灭，但是那也比卑微的小火苗强。（鲍里斯·尼古拉耶维奇·叶利钦）

叶利钦对学校这样的做法非常不服气，他认为学校的行为是对他的权利的一种侵犯。于是，在学校以及政府主管教育的部门来回奔走，大声疾呼，为自己讨回公道。在叶利钦的不懈努力下，上级部门处理了那个老师。叶利钦以自己无畏、勇敢的精神而最终争取到了那张本应属于自己的毕业证书。

走上工作岗位后，勇敢、执着、不怯懦、不自卑的处世风格，使他在人生的道路上取得了引人注目的成功和辉煌，成为俄罗斯第一任总统。

男孩当自强

好斗，这是世界上许多政治家对叶利钦性格的总结。这一总结，不仅是他政治生命的写照，也是对他成长、崛起历程的归纳。正因为他不因贫寒而轻视自己，正因为他不怯懦、不自卑，正因为他勇猛好斗，才使得他不畏惧任何困难，勇往直前，取得了人生的一个又一个胜利。

生活从来就是一条曲折的征途，既有荒凉的沙漠，也有深长的峡谷；既有险峻的高山，也有断路的激流。人生是漫长而艰辛的远航，既要有乘风破浪的征帆，还要有逆境不屈的脊梁，而关键是我们怎样来驾驭自己的人生之舟。在人生的道路上，在每一次的交锋与挑战中，有人选择勇敢地走过去，有人选择就此放弃，有人选择另辟蹊径，有人从此委靡不振。当挫折与打击迎面而来的时候，人的本能的第一反应就是放弃，但是此时如果能够坚强起来，冷静之后选择重新站立，重新面对，那么就能勇敢地走过去，反之则会就此倒下，永远放弃。

很多时候，人生需要勇气，需要一种积极的生活态度。只有具备了无畏的勇气，才会从囿于自我的小天地里解脱出来，才会更广泛自如地与人沟通交流，才会听到不同的声音，共鸣或批评。正如歌德所说："卑怯的人叹息、沉吟，而勇者却向着光明抬起他们纯洁的眼睛。"

人生每走一步都需要有勇气来支撑。拿出我们的全部勇气和力量去拼搏，拼搏会使我们潇洒地甩掉困难，会让我们创造出新的自我，会使我们的人生灿烂辉煌。

2 "坏孩子"贝尔成天才

人物小传

亚历山大·格拉汉姆·贝尔（1847—1922），出生于苏格兰的爱丁堡。后来移民到美国，并加入美国国籍。是一名出色的发明家和企业家。贝尔原是一个声学生理学家和聋哑语教师。他获得了世界上第一台可用的电话机的专利权，创建了贝尔电话公司（AT&T公司的前身）。贝尔还制造了助听器；改进了爱迪生发明的留声机；他对聋哑语的发明贡献很大，创立了英国聋哑教育促进协会。

成长故事

贝尔的父亲擅长写故事讲给孩子听，小时候贝尔非常喜欢听父亲讲的故事。逐渐长大的贝尔却开始不太听话了。他不喜欢上学，更愿意四处游玩。父亲因此用很粗暴的办法管教他，但更多的时候贝尔不服从父亲的管教。一天，因为没有很好地完成老师的作业，小贝尔受到父亲的责骂，他从家里跑了出来，漫无目的地来到了一块麦田旁，躲在麦田里不让父母找到。夜幕降临了，他有些害怕想回家了，但却找不到路了。他躺在麦田里哭了起来。此时，奇迹发生了！他贴在地上的耳朵竟听到了从大地中传送过来的父亲焦急的喊声。

中学毕业后，贝尔就没有再上学。此时贝尔已经成长为一个叛逆的少年。父亲的专横使得他不愿意待在父亲的身边，他从家里逃跑到伦敦投奔祖父。开明的祖父疼爱自己的孙子，任贝尔“为所欲为”，这使得贝尔有了几年自由成长的机会。3年后，祖父去世了，贝尔不得不重返家中，但仍未改善与父亲的关系。由于贝尔和哥哥喜欢一起鼓捣一些小制造，于是父亲向他下达命令，让他们发明一个会讲话的机器人。如果不能制造出来，今后将永远不许他们再鼓捣这些东西。于是，贝尔和哥哥开始探寻语言器官的工作原理，经过兄弟二人的努力，真的制造出一台可以喊“妈妈”的机器人。

后来贝尔因为和父亲闹矛盾再一次离家出走，去外地的一所学校里当音乐和语音教师，去给失聪儿童授课。在此期间，贝尔一直没有放弃对能发声的机器人的研究。为此，他甚至去医院里参观外科手术，以便了解发音器官的构造。同时，他对电学也产生了兴趣，甚至自己安装了一台电报机。他也从此开始系统的声学研究，终于

睿智箴言

创新有时需要离开常走的大道，潜入森林，你就肯定会发现前所未见的东西。（亚历山大·格拉汉姆·贝尔）

制造出世界上第一台电话机，成为著名的发明家。他获得了多种专利和发明，有一些创造性的思想，因受到当时条件的限制不可能成为现实，直到后世才见到成果。

男孩当自强

有这样一个故事：在一所中学，学校把34个淘气、叛逆、打架、不学习的“坏孩子”集中到一个班，老师、校长和家长几乎放弃了这些孩子，可一个漂亮的女老师主动要求带这个班。开学的第一天，按理老师会给同学们上一堂教育课，训诫学生要好好学习什么的，但女老师没有这样做，她给同学们出了一道选择题：

第一个人特别相信巫医，喜欢喝酒，甚至嗜酒如命，并且有多年的吸烟史，生活不太检点，有两个情妇；第二个人因为不守规矩曾两次被赶出办公室，每天要到中午才起床，每晚都要喝1公升的威士忌，还曾吸食过鸦片；第三个人曾是国家的战斗英雄，有着很好的饮食习惯，热爱艺术，年轻时从未做过违法的事。问这三个人中谁能够成为人人敬仰的伟人。

孩子们对这个问题很感兴趣，他们基本上都选了第三个。但女老师给出的答案却出乎所有同学的意料之外。女老师告诉同学们：第一个人是富兰克林·罗斯福，他身残志坚连任四届美国总统；第二个人是温斯顿·丘吉尔，英国历史上最著名的首相；第三个人是阿道夫·希特勒，一个夺去了几百万无辜生命的法西斯元首。 接着，女老师告诉孩子们：你们的人生才刚刚开始，以往的过错和耻辱只能代表过去，真正代表一个人一生的，是他现在和将来的所作所为。从现在做起，努力做自己最想做的事情，你们都将成为了不起的人才。”正是这番话，改变了34个孩子一生的命运，多年后，这些孩子中有的做了心理医生，有的做了法官，有的做了飞行员，有的做了基金经理，有的做了教授……

“人之初，性本善”，每个人天性都是好的，不能因为偶然的偏离就给我们下永远的定论。一个人的昨天已经是历史，昨天，无论我们怎样也不能证明我们的明天。每一天，都是新的一页，忘记昨天，去追求理想，实现梦想。我们要牢记一点，昨天不等于今天，今天不等于明天，对于成长中的我们来说，不是所谓的“坏孩子”就不能成才。

3 喜欢搞恶作剧的迈克尔·乔丹

人物小传

迈克尔·乔丹（1963— ）：美国NBA著名篮球运动员，被称为“空中飞人”。乔丹出生在纽约的布鲁克林，童年生活在北卡罗来纳州的威明顿。他在篮球职业生涯中创造了无数的纪录，是公认的全世界最棒的篮球运动员，也是NBA历史上第一位拥有“世纪运动员”称号的巨星。

成长故事

小时候，乔丹是个非常淘气的孩子，5岁的时候，他偷偷地拿着斧头到外面去劈柴，结果一不留神，斧头没砍中木柴，却砍到了自己的脚趾。他痛得又喊又叫，一位邻居在他鲜血淋漓的脚趾上浇了一大盏煤油才把血止住。

7岁的时候，为了模仿当时飞越驾驶摩托车的新闻人物，小乔丹骑着一辆摩托车，带着哥哥想冲上一个泥墩，飞越一条水沟，结果没有成功，两人都摔得皮开肉绽。虽然受到父亲严厉的批评，但乔丹并没有就此停止钻研，他又偷偷地练习了好几次，直到父亲吓得将摩托车卖掉为止。

有一次更危险，小乔丹和一个小伙伴下海玩水，突然间一个回头浪把他们卷向大海深处，不会游泳的两个孩子吓傻了，拼命地挣扎，小伙伴竭力拉着乔丹向水下沉去。惊恐万分的乔丹拼命地向岸边划去，可小伙伴却松开了紧拽着他的小手，从此他对水总是敬而远之。

不仅淘气，乔丹还是好奇心很强的小家伙，父母越不让做的事情，他越想做，他总是故意跟父母作对。父母告诉他炉子烫人，不要碰它，他偏偏去碰它；写有“油漆未干”的电线杆不能摸，他偏伸手去摸摸……

在家中淘气搞恶作剧，小乔丹在学校读书时也不用心，所以，整个小学和中学阶段，学习成绩都一般，但他却非常热衷各种竞赛。父亲看到儿子很喜欢篮球，为儿子在自家后院建了个简易篮球场让他练习。很快，乔丹就成为小学篮球队中的一员虎将。

读中学时，乔丹更是麻烦频出。因为偷偷地到校外玩篮球以及和同学打架被停学三次。读高中时，已经长大的乔丹也明白了许多事，开始知道约束自己，尽管还是贪玩，但学习成绩已经比初中时好多了，并且他的运动天才日益显露出来，他也真正地爱上了篮球。

睿智箴言

我一生中有多次的挫败，但这却是我成功的原因。（迈克尔·乔丹）

读中学时乔丹想参加校队没进去，而且教练认为他个子太矮，反应也不快，打篮球的前途不大。这使得乔丹的自尊心受到伤害，不服气的他硬是去找教练，希望允许他随队训练，校队参加地区比赛时，他为了能进场看比赛，只得给队员看管衣服。此后乔丹开始苦练技术，刻苦的训练为乔丹打下了极为扎实过硬的基本功。一年之后，他终于进了校队大门。从此，乔丹和篮球结下不解之缘。由中学校队打进大学校队，最后打进NBA篮球大赛，并取得了无可比拟的成绩。

男孩当自强

迈克尔·乔丹有句名言："我可以接受失败，但无法接受放弃。"小时候十分淘气、喜欢搞恶作剧、成绩也一般的他凭着自己不服输的精神，凭着失败了也不放弃努力的干劲一路向前，成为世人爱戴的球星。

成长中的每个孩子，在不谙世事时都可能会淘气、搞恶作剧、不愿意学习，这是孩子的天性使然，但是，当我们知道需要奋斗来改变自己的时候，只要我们有一股不服输的精神，只要我们勇于奋斗，只要我们下决心改变自己，那么一切就还来得及。

人是要活出一种精神，尤其是要有一种不服输的精神，这样在面对问题的时候才会有信心、有勇气。正如篮球绝不仅仅是一项运动，而是一种顽强拼搏、永不服输的精神！只有敢于超越自己、超越对手的人才能在球场上冲锋陷阵，勇往直前。

法国思想家罗曼·罗兰说："跟生活的粗暴无情打交道，碰钉子、受侮辱，自己也不得不狠下心来斗争，这是好事，是使人生气勃勃的好事。"成长中的我们就应该这样，越是经历困难和挫折，越能增强信心和勇气。

4 "坏小子"奥巴马当总统

人物小传

贝拉克·侯赛因·奥巴马（1961— ），出生于美国夏威夷州火奴鲁鲁（檀香山），父亲是一位祖籍肯尼亚的黑人，母亲是堪萨斯州的美国白人。美国民主党政治家。第44、第45任美国总统（连任）。为美国历史上第一位具有黑人血统的总统。2009年获得诺贝尔和平奖。

成长故事

奥巴马小时候随母亲与继父在印度尼西亚生活了一段时间，到了上学年龄时，母亲把他送到印度尼西亚雅加达郊区的一所学校里读书。可是在那里的学生生活并不如意。由于奥巴马继承了父亲的黑色皮肤，同学们歧视他、轻蔑他。他为自己是黑人而懊恼，曾想用香皂洗掉皮肤的黑色，可母亲告诉他，做黑人一点也不需要自卑。

后来，母亲把他送回到美国夏威夷的外祖母家，奥巴马考入了当地最好的学校。但这所学校只有三个黑人小孩，他再次对自己的肤色产生了怀疑，尤其是在看到外祖母对黑人乞丐所表现出来的嫌恶时，更进一步加深了他对自己肤色的恐惧。

为了让自己自信些，他竟谎称他的父亲是非洲王子，而自己是王室的后裔。奇怪的是，同学们竟相信了他的鬼话，于是他开始神气活现地和同学们交往。十几岁的时候，他与其他绝望的黑人青年一样，因为自己的肤色而自卑无望，认为自己前途渺茫，不知道生命的意义究竟何在。曾有过一段时间自暴自弃，甚至逃学、做坏事，这使他成了一个不折不扣的"坏小子"。大家对他都无可奈何，甚至一些老师预言：美国所有州的监狱随时向他敞开！

就在这个时候，母亲的生活态度影响了奥巴马。母亲当时为了考取博士学位，主动到印度尼西亚进行人类学工作。对于母亲的行为奥巴马非常不解，母亲告诉他，一个人要有自己的追求，一个真正快乐的人是做自己喜欢的事情，并且有益于他人。母亲的话令他幡然醒悟，他决定要重拾丢失已久的梦想——虽然我是个黑人，但我要赢得人们的尊敬。

睿智箴言

伟大不是凭空而来的，而是赢得的。在我们的历程中，从来没有走捷径或是退而求其次。（贝拉克·侯赛因·奥巴马）

这时，母亲也鼓励他："奥巴马，我觉得你父亲是最帅最聪明的黑人，现在，你代替了他。"这种心灵的呼唤和鼓励，让奥巴马迷途知返，是母亲的自信、充满干劲、敢爱敢恨、良好的修养和热心交往的人格魅力感染了他，改变了他的人生。从此，奥巴马认同了自己的黑人身份，他努力学习，努力去帮助别人，努力追求进步，上大学读书、工作竞争，他一步步地走向成功，直至成为美国总统。恐怕连奥巴马自己都没有想到，当年那冒牌的非洲王子的后裔，有一天居然能成为美国总统。

男孩当自强

"做人要有追求，做自己喜欢的事情并且有益于他人，这样才能获得真正的快乐。"这是奥巴马的母亲教育奥巴马的话，这句话也给了我们很好的启示：在人生中要不断追求，做有益于别人的事，这样才能获得快乐。

做人应该有所追求，追求是成功的前提。人类之所以进步，是因为人类有追求。世界球王贝利，一生共踢2000多个球，其中不乏精彩绝伦之射门，可是，当人们问他所进的球中哪一个最漂亮时，他总是会说"下一个"。可见，贝利确实是一个有追求的人，正因为如此，他才能在球场上叱咤风云，为球迷献上了无数的精彩瞬间。

一个没有追求的人，他的前程注定暗淡；一个没有追求的人，他的人生注定平淡；一个没有追求的人，他的人生即使有些小成功也注定只是昙花一现。人的行为是受追求支配的，追求是人的精神体现。没有追求，就没有前进的动力。

奥巴马在竞选总统成功时曾这样说："我的成功得益于我的家人、朋友和我的竞选负责人，我深深地感激他们为我所做的一切，这将使我永生难忘。但有一个人也是不可忽略的，那个人叫自己。"是的，要实现我们的追求和理想需要外力的帮助，但更要靠我们自己。

西方有一句名谚："黄金时代永远是现在的时代"，此话说得妙极了。把握好我们所拥有的真真实实的现在，不沮丧，并努力奋斗，我们就有实现一切奇迹梦想的可能。梦想是努力的汗水迸发出来的，上帝给予每个人同样追求的权利。只有踏踏实实地站稳脚才能跋涉千山万水漫漫长途，只有充实地准备好、修炼好，才能百战百胜夺得桂冠。

5 成才无望的奥托·瓦拉赫

人物小传

奥托·瓦拉赫（1847—1931），出生于德国柯尼斯堡一个农民家庭，德国化学家，首次成功地人工合成香料，在脂环族化合物的研究中作出了贡献，1910年获诺贝尔化学奖。

奥托·瓦拉赫的父母虽然是农民，但对小瓦拉赫的要求却很严格，可是，他却很不争气，读小学时，就显得有些呆笨，学什么都学不会，成绩

成长故事

更是很糟糕。勉勉强强地读到小学毕业，要上中学了，父母想，这么笨的孩子学理科肯定是不行了，但父母在心底里还是希望他能够有出息。于是，决定让他学文科，将来做一个文学家。谁知，一个学期下来，语文老师为他写下了这样的评语：“瓦拉赫很用功，但过分拘泥，这样的人即使有着完美的品德，也决不可能在文学上有所成就。”

这下父母有点蒙了，这孩子可怎么办呢？于是，父母和瓦拉赫谈，问他自己想做什么？谈了半天，瓦拉赫回答父母说：“我……我想画画。”理科不行，文科也学不了，他想画画，那就让他学吧。父母只好尊重儿子的意见，让他改学油画，可瓦拉赫既不善于构图，又不会润色，对绘画艺术的理解力也不强，成绩在班上又是倒数第一。绘画老师说他在绘画艺术上不可能有造就。

面对如此笨拙的学生，老师们都认为他成才无望。只有化学老师认为他做事一丝不苟，具有做化学实验的品质，所以，跟他的父母建议，让他试学化学。父母就让他再试试化学，瓦拉赫智慧的火花一下子被点燃了，他的化学成绩在全班名列前茅，这个在文学和绘画艺术上不可造就的瓦拉赫，在化学老师的眼里成为前程远大的高材生。果然，多年后，奥托·瓦拉赫成为世界著名的化学家，还获得了诺贝尔化学奖。

睿智箴言

即使是智商很低的人也有自己的天赋。（奥托·瓦拉赫）

男孩当自强

有的人逻辑思维占优势，有的人形象思维占优势；有的人博闻强记，但不善于融会贯通；有的人虽然记忆力差，但能记住最重要的信息，并且精于思考；有的人智力过人，但意志薄弱，志趣低下；有的人智力平平，但意志顽强，目标远大，百折不挠。任何一个正常的人，总有这样那样的优势或潜在的优势。找准自己的优势，找准属于我们自己的道路，踏踏实实地干适合自己的事，充分发挥自己的优势，这就是奥托·瓦拉赫给我们的启示。

如果我们看不到自己的优势，找不到自己的天赋，甚至对自己失去信心，那么，我们离成功就会越来越远。确认自己的优势，发现自己的优势，这是我们成长的“精神生长点”。这种 “精神生长点”会大大提高我们做事情投入精力的程度，这也有助于我们在人生路上顺利前行。

世界上没有一无是处的人，正如世界上没有完美无缺的人一样。每个人都有优缺点，每个人都有自己的长项和弱点，认识到自己是独特的，学会从不同的角度看自己，找到自己的优势最重要。古人云：“天生我材必有用”“物各有序，人各有位”。也许我们唱歌不如别人，但我们绘画可能就很好；如果我们唱歌、绘画都不怎么样，但我们表达能力可能很强，我们可能成为一个节目主持人或者演说家。只有把自己放在恰当的位置才会成为一个有用之才。否则，就会成为像瓦拉赫老师所说的是“笨拙”得不可造就之才。世界上没有一无是处的人，只是所放的位置是否恰当，位置恰当，就能开发出一个人无限的潜能，发挥出一个人的聪明才智，他就可能成为天才。

6 “笨蛋”爱迪生

人物小传

托马斯·阿尔瓦·爱迪生（1847—1931），出生在美国俄亥俄州米兰镇的一个农民家庭。举世闻名的发明家，在留声机、电灯、电话、电报、电影等许多方面都有所发明。爱迪生一生共有约2000项创造发明，为人类的文明和进步作出了巨大的贡献。

成长故事

爱迪生小时候非常淘气，无论对什么新鲜的事情都感兴趣。由于爱迪生对许多事情都感兴趣，所以他经常碰到危险。

一次，他到储麦子的房子里，不小心一头栽到麦囤里，麦子埋住了他的脑袋，动也不能动了。他差一点死去，幸亏被人及时发现，抓住爱迪生的脚把他拉了出来。还有一次，他掉进水里，结果像落汤鸡一样被人救了上来。4岁那年，爱迪生想看看篱笆上的野蜂窝里有什么奥秘，就用一根树枝去捅，结果脸被野蜂蜇得红肿，几乎连眼睛都睁不开了。

爱迪生喜欢用他那与众不同的大脑袋思考一连串的问题。如有一次，他纠缠不休地问老师："2+2为什么等于4呢？"老师对他的问题十分生气，认为爱迪生有智力问题，说爱迪生将来会是个一事无成的傻瓜，把爱迪生赶出了课堂。母亲坚信爱迪生决不会是个傻瓜，把只上了3个月学的爱迪生领回家，在家里教爱迪生自学。在母亲的教育引导下，爱迪生对读书产生了浓厚的兴趣。

后来喜欢思考和鼓捣小实验的爱迪生在自己家的地下室里建立了一个实验室，搞他喜欢的实验。12岁时，爱迪生为了帮助父母挣钱贴补家用，到火车上卖报纸。他把自己的小实验室搬到火车的连接处，卖报纸的空闲时间，他就做一些实验，结果因为实验爆炸，他被列车长赶下火车。

后来，爱迪生勇敢地救出了一个在火车轨道上即将出事的男孩。孩子的父亲很感谢他，因无以为报，愿意教给爱迪生电报技术。从此，爱迪生便和电发生了关系，踏上了科学的征途。为此，他付出了无数艰苦的劳动，遭遇过无数的挫折和失败，终于成为世界级的"发明大王"。

睿智箴言

世间没有一种具有真正价值的东西，可以不经过艰苦辛勤劳动而能够得到的。（托马斯·阿尔瓦·爱迪生）

男孩当自强

有人做过统计：爱迪生一生中的发明，在专利局正式登记的有1300种左右。1881年是他发明的最高纪录年。这一年，他申请立案的发明就有141种，平均每三天就有一种新发明。爱迪生只读过3个月的小学，他的文化程度很低，他的所有知识都是靠母亲的教导和自学得来的。可他对人类的贡献却这么巨大，这里的“秘诀”是什么呢？他除了有一颗好奇的心，一种喜欢亲自试验的本能，还在于他付出具有超乎常人的艰苦工作。当有人称爱迪生是个“天才”时，他却解释说：“天才就是1%的灵感加上99%的汗水，而那99%的汗水是至关重要的。”

浩瀚江河，源于细小溪流；伟大成就，来自艰苦劳动。凡是想不劳而获的人，想不付出就有收获的人，最后都不会有所成就。为了追求理想和目标，爱迪生不管遇到多大的困难也不后退，顽强地努力着，正因为如此，他才有了那么多发明留给后人。

只有勤于思考，才可能让一个人智慧多起来；只有勤动脑、多思考，才能认清问题、抓住根本，总结经验教训，找到正确的工作方法。一位科学家说过：“多动脑，勤思考，要搞科学离不了。”牛顿的“万有引力定律”就是他深入思考的结果。许多人把动脑思考称为第一美德。成长中的我们都渴望自己成才，那么就要从现在开始养成多动脑、勤思考的好习惯。

十、男孩自强，提升自己才能成就未来

读书让我们掌握知识，读书丰富我们的头脑，读书开阔我们的眼界，读书改变我们的人生。多读书吧，它是一切成功之源。

1 伯特兰·罗素偷偷地读书

人物小传

伯特兰·罗素（1872—1970），出生于英国威尔士的一个贵族家庭，祖父约翰·罗素勋爵曾两次出任英国首相，父亲安伯雷子爵。英国的哲学家、数学家和逻辑学家，1950年，罗素获得诺贝尔文学奖，以表彰其“西欧思想，言论自由最勇敢的斗士，卓越的活力，勇气，智慧与感受性，代表了诺贝尔奖的原意和精神”。

成长故事

1872年，在英国威尔士的一个贵族家庭，一个男孩呱呱坠地。虽然他是家中的第二个男孩，但身为贵族的父母还是喜欢得不得了。男孩一天天长大了，越来越招人喜爱。可是好景不长，母亲在男孩两岁时离开人间，两年后，父亲也因病去逝了。

失去双亲后，只有4岁的男孩和哥哥一起跟随祖父母生活。男孩的祖父曾两次任英国首相，家有万卷藏书。在祖父家，小男孩最爱去的地方便是祖父的图书室。祖父在那里读书时，他就到那里去玩，慢慢地小男孩喜欢上了那里的书香，跟着祖父开始识字、学习、读书。

6岁那年，祖父去世后，那儿就成了小男孩的书房。他在那里浏览各类图书，无论是历史、文学、哲学，还是数学，各种知识他都如饥似渴地吸取。

小男孩对知识充满好奇和渴求，许多时候读书时不知道吃饭和睡觉，祖母不让他读书太晚，经常派人看着他，小男孩就常瞒着他们偷偷地在那里读书到深夜，一听到有大人来，就吹熄蜡烛悄悄地钻进被窝装睡。祖母见这个小孙子这样喜欢读书，早早地就为他请了家庭教师，辅导男孩读书。

睿智箴言

伟大的事业是根源于坚韧不断的工作，以全副精神去从事，不避艰苦。（伯特兰·罗素）

就这样，小男孩在他祖父的书房开始了学习生涯。他的许多知识和研究兴趣都是从童年时代养成的。

18岁的时候，男孩考入剑桥大学，在那里学习数学、哲学和经济学。他喜欢学习，善于思考，勇于实践，最终他成为20世纪英国最杰出的哲学家、思想家、数学家、逻辑学家、历史学家，也是20世纪西方最著名、影响最大的学者和和平主义社会活动家之一。这个男孩叫伯特兰·罗素。

男孩当自强

读书成就事业，读书成就人生。大诗人歌德说过：“人不光是靠他生来就拥有一切，而是靠他从学习中所得到的一切来造就自己。”有人把读书当成乐趣，有人认为读书很辛苦。把读书当成乐趣的人，经受住了艰辛的考验，人生大放异彩；把读书看成是苦差事的人，经受不住艰苦的考验而放弃了读书，人生也因此暗淡下来。

犹太人曾饱受世界上最深重的灾难，他们很长时间没有自己的国家，没有自己的家园，他们颠沛流离于世界各地，但却在经济、科学和艺术等方面为世界贡献了一大批杰出的天才：马克思、达尔文、弗洛伊德、爱因斯坦、海涅、肖邦、卓别林、比尔·盖茨、格林斯潘等。据统计，世界上的犹太人大约只占世界总人口的0.3%多一点。但自从1892年设立诺贝尔奖以来，有超过30%的获奖者是犹太人，比例是其他民族的100倍。全世界最有钱的企业家中犹太人占一半，美国百万富翁中犹太人占1/3，犹太人控制了世界的大部分财富。犹太人取得的成绩令全世界刮目相看，这与犹太人重视读书有着极大的关系。

一个人要成就事业，读书学习是动力源泉。书中自有黄金屋，知识改变人生，读书改变命运，阅读成就未来。一个人要想提高自己必须读书；一个社会要想走向文明和谐，必须读书；一个国家和民族要想复兴，必须读书。不读书的人是可怜的人；不读书的社会是没落的社会；不读书的民族是没有希望与梦想的民族。无论沧海桑田、世事变迁，读书永远是一个人乃至一个民族伟大智慧的不竭源泉和梦想的栖息地。一个人多读一本书也许微不足道，但书读多了就会“腹有读书气自华”。在我们的寻梦征程中充满着荆棘，读书会成为我们披荆斩棘的利剑，只要亮剑，定会所向披靡，战无不克。

2 马寅初说不让他读书宁愿死

人物小传

马寅初（1882—1982），出生于浙江绍兴嵊县（今嵊州市）一个以酿酒为业的小作坊主家庭，中国当代经济学家、教育学家、人口学家。20岁的时候他到美国留学，潜心攻读经济学，是我国第一个到国外学习经济，并获得博士学位的学者。先后在北京大学、浙江大学等学校担任教授，曾担任北京大学校长等职。1957年因发表“新人口论”方面的学说而被打成右派，后来得以平反。他一生专著颇丰，特别对中国的经济、教育、人口等方面有很大的贡献，有当代“中国人口学第一人”之誉。

成长故事

马寅初是家中的第五个男孩。那个年代，孩子们都要帮助父母干一些力所能及的家务。由于家里的活计忙不过来，兄弟中几个年龄小的就去放猪。有一次，马寅初放猪路过一家私塾，在私塾的窗外听老师讲课入了神，一窝猪崽都跑丢了，母猪也不见了踪影。父亲气愤之余，用鞭子将他一顿痛打。母亲听说马寅初是在私塾听讲课时才弄丢了猪，就劝父亲叫他去读书。终于得到父亲的同意，马寅初高高兴兴地进了学堂。

几年后，家里的生意越做越红火。父亲见五个儿子中，马寅初最为聪明伶俐，于是有心让他继承父业，想先让他学管账，再承父业。因此，父亲只让马寅初读私塾，不想让他到外边继续求学。可马寅初不喜欢私塾的四书五经，而是向往城里的新学堂，他见父亲强让他学管账，非常不满。

常常以怠学、怠工以示反抗，为此，多次遭到父亲的打骂。

有一次，父亲告诉马寅初："你也不小了，应该学会管账了，不然以后怎么经营咱们的酒铺……""我不想学这个，我要到城里读书。"父亲见儿子不听自己的，有些生气："到什么城里读书，你给我老老实实地在家帮我干活！"

"我就是要到城里读书！"马寅初也不示弱，可他的抗争让父亲更生气，父亲让他跪下，接着就是一顿打。马寅初和他的父亲彻底闹翻，父亲的蛮横，也伤害了马寅初，他见求学无望，绝望中想以一死来抗争父亲对他的安排。一气之下跑出家门，投进了镇外的江里，幸亏被人救起。等他醒来后发现自己还活着，悲怆地大声喊道："不让我读书，我宁愿死！"

睿智箴言

言人之所言，那很容易；言人之欲言，就不太容易了；言人之不敢言，那就更难了。我就是要言人之欲言，言人之不敢言。（马寅初）

正好父亲有一个在外地的朋友来访，得知此事，觉得马寅初有志气，说服了马寅初的父亲，由他带马寅初到上海读书。从此改变了马寅初的一生。后来马寅初留学美国，做教授、做校长，成为著名的经济学家。

男孩当自强

马寅初有自己的理想，他想读书，在父亲的鞭子下，依然喊出"不读书，宁愿死"的心声。是宁死也要读书，成就了马寅初。马寅初出生在旧社会，他为了读书，甚至以命相抗，生长在新时代的我们，更应该做一个爱读书、爱学习的人，丰富自己的知识，从小养成好的学习习惯，端正学习态度，树立远大理想，坚定不移地向自己的目标奋进，长大做一个对社会有用的人。

有一个叫吉尔伯特的人曾经讽刺人类不过是剃净了毛的猴子，另有一个叫史密斯的科学家反驳他说："人类会著书，会读书。人类能将心灵的精华诉诸文字，流传后世，也只有人类，才能阅读先哲的智慧，从中获益。"会读书，是人类与猴子等其他兽类的最大区别之一。谁能用读书来充实自己，谁就会十分聪明；就会站得高，看得开，走得远，行得顺；就更能经历伤痛，承受苦难，获得智慧，取得成就；就能更加幸福快乐，并活出一种独特的绚丽和精彩。读书能医愚，能治穷，能励志，能致远；读书能让人聪慧，能让人学会怎样交友，怎样为人，怎样谈吐，怎样巧干，怎样活着才有味，怎样才能彰显人生光辉的价值。

智者说："书，读而孜孜不倦，持之以恒，可育德行，可导人生。"书是我们的精神食粮，没有它，我们的精神就会饿死；书就像海洋上的指路明灯，没有它，我们的航船就会迷失方向。当然，书籍远不止书本本身，它们就是生活，是过去岁月的精华，是人类生生死死的奥秘，是生命的本质和精髓——从这个意义上看，用一生去学习它，用一生去读它也并不为过。

3 黄侃读书入迷

人物小传

黄侃（1886—1935），出生在四川成都一个清朝官员的家庭，中国著名的语言文字学家、国学大师。曾留学日本，在北京大学、中央大学、金陵大学等任教授。人们称他与章太炎为"乾嘉以来小学的集大成者""传统语言文字学的承前启后人"。

成长故事

黄侃聪颖好学，从小就显示出过人的才气。3岁开始背诵唐诗宋词，4岁就跟着老师开始读书了。黄侃一生读书不辍，所以，他的学问渊博，中国古代的经、史、子、集几乎无所不通，尤其在音韵、文字和训诂方面学问精深。虽是名声赫赫的学者，可黄侃仍致力于学术研究而不倦，他治学十分勤奋，主张做学问务必要精。他是这样说的，也是这样身体力行的。

1915年，黄侃在北京大学主讲国学。他住在北京白庙胡同的大同公寓，终日潜心研究“国学”，有时吃饭也不出门，吃什么也不讲究，有点吃的填肚子就行。许多时候，他都是准备点馒头和辣椒、辣酱等作料，摆在书桌上，饿了便把馒头拿到辣椒、辣酱盒里蘸一下啃一口，边吃边看书，吃吃停停，看到妙处就大叫：“妙极了！”

睿智箴言

凡古今名人学术之成，皆由辛苦，鲜由天才；其成就早者，不走错路而已。（黄侃）

有一次，他看书入迷，竟把馒头伸进了砚台里，啃了多时，涂成花脸，也未觉察。一位朋友来访，看见他正手拿着蘸了墨的馒头往嘴里放，再看他那张大花脸，不禁捧腹大笑。黄侃不知朋友笑他什么，见朋友用手指自己的脸，这才拿开馒头，发现馒头上都是墨水，自己也大笑起来。

男孩当自强

专心即专心致志，心无旁骛。汉代董仲舒云：“目不能二视，耳不能二听，手不能二事。”在《劝学》中，“蚓无爪牙之利，筋骨之强。上食埃土，下饮黄泉，用心一也。”这就是说要做好一件事情，专心致志是必要条件。

专心就是把意识集中在某一个特定欲望上的行为，并要一直集中到已经找出实现这种欲望的方法。古时候，罗马军队攻入了大数学家阿基米德所住的城市，罗马士兵闯入阿基米德的住宅，看见他正在地上埋头作几何图形，可阿基米德却对罗马士兵的到来没有任何反应，那几个士兵拿着剑在他眼前晃了晃，阿基米德才知道有人进来了。他回头看了看，对那几个士兵说："你们等一等再杀我，我还有一个公式没有推导出来。"正是因为阿基米德对自己从事的科学研究这样着迷，才使得他成为那个时代最伟大的科学家。

《歌德谈话录》中说："聪明的人会把凡是分散精力的要求置之度外，只专心致志得学习一门，学一门就要把它学好。"古今中外，凡学有所成的人必能做到专心致志，无一例外。东晋大书画家王羲之练书法时十分专心，时常入迷，会情不自禁地在衣襟上比画，久而久之竟把衣衫划破了。西汉学者董仲舒读书时专心刻苦，为了专心读书，他三年不进书房的后花园，连一眼也不看。

球星姚明说："如果自己专心做一件事情，集中注意力就可以做好。"有人说：只要你用三年的时间一心一意地做一件事，那么你一定会做出连自己都感到惊讶的成绩来。是的，读书、做事情只要能达到入迷的程度，专心致志地去做，我们每个人都会作出一些成绩来。古今中外，所有成大事的人，都专心做着自己要做的事。有人对一百多位在其本行业获得杰出成就的人进行了分析，最后发现他们所有的人都具有专心致志的优点。

4 施洋搓脚夜读

人物小传

施洋（1889—1923），原名吉超，号万里，字伯高。出生于湖北省竹山县施家湾一个贫穷的农家。为了寻求革命真理，1914年考入湖北警察学校，期满毕业。1915年，又考入湖北法政专门学校学习法律。毕业后加入武汉律师公会，即被选为副会长。二·七大罢工著名的工人领袖，被广大平民称为“劳工律师”。

成长故事

施洋小时候家里很穷。白天，懂事的施洋要帮助父母割草、放猪、干家务活，晚上他想读会儿书，可家里却没有买灯油的钱。看到有钱人家的孩子都能在自己家点灯读书，施洋很是羡慕。有一天，他割草经过村旁那座叫隆兴观的古庙，他发现庙里点有一盏长明灯，这下他心里高兴了：这不是晚上读书的地方吗？从此，每到晚上，帮助父母干完活计后，施洋就到古庙里，借着长明灯读书。冬季里天气寒冷，坐在那里读书脚冻得难受。起初，施洋就时不时地站起来跺跺脚，脚跺热了接着读，后来觉得这样浪费时间，便削了一根圆滑的木棍，放在脚底下，一边读书一边来回地用脚搓木棍，这样既不耽误时间，又搓暖了脚，于是，他又能安心读书了。

> **睿智箴言**
>
> 我不怕人，不怕事，不怕死，堂堂正正做人，反对强暴，你们杀了一个施洋，还有千万个施洋！（施洋）

因为读书用功，施洋走出家门考进了省城的学校，后来又当了专门为穷苦人打官司的律师，为穷人们争取权利和反动派进行斗争。34岁时，施洋组织京汉铁路工人举行总罢工，被反动军警逮捕。在敌人的法庭上，施洋怒斥军阀镇压工人运动的滔天罪行，以大无畏的革命气概压倒了敌人。在刑场上，面对敌人黑洞洞的枪口，施洋大义凛然地说："你们杀了一个施洋，还有千万个施洋！"表现了一个共产党员视死如归的精神和对共产主义的坚定信念。

男孩当自强

读书是一件很辛苦的事。人们经常把学习、读书比喻为苦事情，比如，"苦读""寒窗"等。更有"寒窗十载""清灯作伴""贫寒为友""读苦书，苦读书"之类的说法。 更有"学海无涯苦作舟"这样的名言。读书，尤其是读专业、学术、理论书籍时，会碰到很多困难，甚至出现读不下去的时候，焦虑、急躁等负面情绪就来了。求学的学子、研究者、学者们常常会碰到这种情况，但是要学有所成，求得真学问，获得真本领，就必须忍受这种苦，才会进入另一种境界。读书学习，不经过艰苦的过程，就想轻易地在学业上取得成就是不可能的。

国学大师王国维说，古今之成大事业、大学问者，必经过三种境界："昨夜西风凋碧树，独上高楼，望尽天涯路。"此第一境也。"衣带渐宽终不悔，为伊消得人憔悴。"此第二境也。"众里寻他千百度，蓦然回首，那人却在灯火阑珊处。"此第三境也。这都说明了读书和奋斗的艰辛。读书就是在茫茫的大海中航行，在万丈高山上攀登，在充满艰苦滋味的这条船上、这座山上，奋力划桨、极力攀登，才能到达"乐"的彼岸、"美"的山巅。

读书是一件苦差事，但是，读书又是使人快乐的事情，因为通过读书，我们得到了知识；通过读书，我们认识了世界；通过读书，让我们站得更高，走得更远。所以，哲学家富兰克林说："读书是我唯一的娱乐。我不把时间浪费于酒店、赌博或任何一种恶劣的游戏。"

热爱书籍吧！书籍是知识的源泉，只有书籍才能让我们成为精神上坚强的、有理性的人。读一本好书，会使人更加坚强、更加聪明、更加坦然。

5 努力学习知识的牛顿

人物小传

艾萨克·牛顿（1642—1727），出生于英格兰林肯郡乡下的一个小村落里，人类历史上出现过的最伟大、最有影响的科学家，同时也是物理学家、数学家和哲学家。他在不朽著作《自然哲学的数学原理》中，用数学方法阐明了宇宙中最基本的法则——万有引力定律和三大运动定律。被认为是"人类智慧史上最伟大的一个成就"，由此奠定了之后三个世纪中物理界的科学观点，并成为现代工程学的基础。

成长故事

少年时期的牛顿，在智力上并没有表现出过人之处，反倒显得资质平常，学习成绩更是一般，甚至同学们常常骂他是笨蛋，但他却喜欢读书，非常喜欢手工制作，特别喜欢看一些介绍各种简单机械模型制作方法的读物。12岁时，牛顿上了中学，这时他的爱好由手工制作发展到搞简单的小机械制作。在他动手实践的过程中，逐渐体会到学好功课，尤其是学好数学，对搞好机械模型制作的重要性。这使得牛顿开始将精力投入到学习上，在他的努力下，学习成绩进步很快。

因为牛顿出生前父亲就去逝了，当农民的母亲没想着能让他有什么大出息，反倒希望他成为一个普普通通的农民，种好家里的那点土地，能够生活就行了。但牛顿却无意于此。他酷爱读书，想改变自己的命运。随着年龄的增长，牛顿越来越爱好读书，喜欢沉思，愿意做些科学小实验。15岁时，受家庭经济压力所迫，牛顿被迫辍学务农。但尽管如此，对知识求知若渴的牛顿，仍然抓紧一切时间读书、学习。在舅舅的支持下，他又重返学校。

> **睿智箴言**
>
> 如果说我比别人看得更远些，那是因为我站在了巨人的肩上。（艾萨克·牛顿）

19岁时，牛顿考入了著名的剑桥大学。他在学习上的那种专注、执着，那种深邃的观察力和敏锐的理解力，深受老师的赏识和喜欢。老师竭尽所能地帮助他，将自己所掌握的数学知识毫无保留地传授给他，牛顿也因此被引向了近代自然科学的研究领域。

牛顿开始着手研究起数学、物理学和天文学的问题，经过刻苦钻研和不懈的努力，他发现了万有引力定律和三大运动定律，完成了人类科学史上少有的科学巨著《自然哲学的数学原理》。他的研究成果轰动了全世界，他也因此成为举世瞩目的伟大的科学家。

男孩当自强

“知识就是力量”“知识就是引导人看到光明与真实境界的灯烛”……人们用许多美丽而美好的词语或含义深刻的语言来赞美知识。是的，知识对我们来说非常重要，它可以给我们带来无限的快乐，它可以帮助我们打开成才的大门……但是知识是不可能从天而降进入我们的大脑的，它要通过我们的勤奋读书和学习才能得到。人生立于世间数十年，特别是我们的人生之初，不论我们是资质平常还是智慧超群，我们都要通过读书学习来获得知识。所以，必须不断地学习，以获得知识这个为个人谋生和为社会服务的工具。

每个人都要相信自己一定可以在某一方面很出色。每个人的智商都不一样，但除了极少数智商特别高的人以外，大多数人的智商相差无几，关键要看谁更善于学习，谁更能发挥自己的长处。上帝是公平的，或许我们不擅长某些东西，但总有我们擅长的，只不过有的时候，我们没有发现而已。正如我们并不喜欢写作，却可能在设计上很有天赋，或者我们有一张能说的嘴巴。要努力去寻找我们所擅长的，我们所感兴趣的东西，学会经营自己的长处，这样会让我们的人生增值。富兰克林说："宝贝放错了地方便是废物。"只要自己感兴趣，我们便会全力以赴。把自己安排在合适的位置上，任何人都会经营出有声有色的人生。

要相信，谁都不是天才，世上也没有笨蛋。正如牛顿所说："如果说我比别人看得更远些，那是因为我站在了巨人的肩上。"怎么才能站在巨人的肩上？唯一的途径是学习巨人们总结、积累的知识，掌握巨人们的思想。相信学习的力量吧，努力学习、积累知识，即使是笨蛋也能成为聪明的人，即使是普通人也能成为巨人。

6 喜欢读书的“笨家伙”爱因斯坦

人物小传

阿尔伯特·爱因斯坦（1879—1955），出生在德国的乌尔姆市，父母都是犹太人。美籍德国犹太人。世界十大杰出物理学家之一，现代物理学的开创者、集大成者和奠基人，同时也是一位著名的思想家和哲学家。他创立了代表现代科学的相对论，并为核能开发奠定了理论基础，被公认为自伽利略、牛顿以来最伟大的科学家、思想家。1921年诺贝尔物理学奖获得者。1999年12月26日，爱因斯坦被美国《时代周刊》评选为“世纪伟人”。

成长故事

爱因斯坦出生在一个犹太人家庭，作为犹太人的父母特别重视对孩子的教育，所以，父母在他身上寄予了全部的希望。可是，逐渐地，父母就失望地发现：别人家与爱因斯坦年龄相仿的孩子都开始学说话了，而已经三岁的爱因斯坦却才“咿呀”学语。后来，连比爱因斯坦小两岁的妹妹都能与人交谈了，爱因斯坦却依旧行动迟钝。他不会清晰地进行语言表达，说话总是支支吾吾、前言不搭后语的。看着举止迟钝的爱因斯坦，父母不由得对他的智力产生了怀疑，很是担心。直到爱因斯坦长到10岁的时候，父母才送他上学。可是，在学校里，爱因斯坦因为学习成绩不好，各项活动跟不上——爱因斯坦所在的学校要求学生上下课都按军事口令进行，而反应迟钝的他根本做不到，所以经常受到老师的呵斥。爱因斯坦经常被老师和同学们嘲笑为“笨家伙”，有的老师甚至指着他的鼻子说：“这鬼东西真

睿智箴言

通向人类真正的伟大境界的通道只一条苦难的道路。（阿尔伯特·爱因斯坦）

笨，什么课程也跟不上！”一次工艺课上，老师在众多的学生作品中发现了一个做得很不像样的凳子，他举起这个难看的凳子说道：“我想，世界上也许不会有比这更糟糕的凳子了！”全班开始哄堂大笑，爱因斯坦红着脸站起来说：“我想，这种凳子是有的！”说着，他从课桌里拿出两个更难看的凳子，说：“这是我前两次做的，交给老师的是第三次做的！”老师惊得目瞪口呆。

在讥讽和侮辱中，爱因斯坦慢慢地长大了，因为少有朋友，孤独的他开始在书籍中寻找乐趣和精神寄托，他在书籍和知识的广阔空间中自由地遨游。逐渐地，他的视野开阔了，头脑里思考的问题也越来越多。爱因斯坦把其他的一切都抛在脑外，一心一意地做研究做学问，终于使得当年那个被人们认为永远无法成才的“笨家伙”成了全世界公认的、当代最杰出的聪明人物，成为了著名的大科学家。

男孩当自强

“书是人类进步的阶梯”“书籍就是力量”“生活里没有书籍，就好像没有阳光；智慧里没有书籍，就好像鸟儿没有翅膀”……这一句句关于书籍的名言警句不仅仅论证了书籍的重要作用，更表达了书在一个人人生中的重要地位。

“笨家伙”爱因斯坦在孤独、寂寞中得到了“书”这个朋友，在书籍中寻找乐趣和精神寄托，读书丰富了他的知识，开阔了他的视野，最终使他成为伟大的科学家。

书籍是知识的源泉，是人生中的精神食粮。多读书，知识就多，同时就有力量和财富。在今天这个知识竞争激烈的时代，知识的卓越能让人睿智。聪明从学习中来；聪明从读书中来；聪明从思考中来，而书籍就是思考最好不过的归宿。只有书籍才是我们品尝的精神食粮，只有书籍才是我们走向成功之路的指明灯。

古人云："书中自有黄金屋，书中自有颜如玉。"可见，古人对读书的情有独钟。其实，对于任何人而言，读书最大的好处在于：它让求知的人从中获知，让无知的人变得有知。学习改变生活，知识改变命运，一切都是从读书和学习中来。多读书，可以在喧嚣的世界里，找到一个只属于自己的寂静角落，沉下心来，思考人生，让浮躁的心灵归于纯净……多读书有助于我们扩大知识面，可以培养多思维的习惯，提高思想的深度与广度；多读书可以陶冶性情，提升品位，使人的心境变得平和，高远；多读书能使我们更深入地认识自然、认识社会，从而帮助改造自然，改造社会。

参考文献

[1]张良科.母亲的影响力[M].北京：经济日报出版社，2005.

[2]曼珠沙华.52位名人坚持不懈的故事[M].北京：新世界出版社，2011.

[3]赵雪峰.全世界优秀孩子都爱看的励志枕边书[M]. 北京：中国纺织出版社，2011.

[4]曾知寒.世界名人家教智慧[M].北京：新世界出版社，2005.